곱게 지지 말기로 해

김진아

KB065249

봄알람

끝내 지지 말기로 해
©김진아

1판 1쇄 인쇄
2021년 11월 10일

1판 1쇄 발행
2021년 11월 22일

지은이
김진아

편집
이두루

디자인
우유니

펴낸곳
봄알람

출판등록
2016년 7월 13일
2021-000006호

전자우편
we@baumealame.com

인스타그램·트위터
@baumealame

홈페이지
baumealame.com

ISBN
979-11-89623-13-5
03810

차례

이 책의 내용은 개인의 경험과 생각이며
특정 당의 입장이 아님을 밝힙니다.

우리에게는 얼마의 시간이 남아 있을까

세계적인 모 석학은 얼마 전 한국 언론 인터뷰에서 인류 문명에게 남은 시간이 약 30년이라고 했다. 최근의 급격한 기후 악화와 전염병 확산 등을 보면 과장이 아니라는 느낌이다. "엄마처럼 살지 않겠어!"라는 소녀 시절의 다짐이 "엄마만큼만 (오래) 살면 좋겠어"로 바뀔 줄이야.

　그러니까 우리는 세계의 끝을 관통하고 있다. 아무리 긍정 회로를 돌려봐도 아시아의 일반 여성들까지 화성으로 이주할 수는 없을 것 같다. 2015년 이후 페미니즘 대중화가 시작되고 간신히 남성 중심 가부장제에 균열을 일으키기 시작했다고 생각했는데,

시간은 우리 편이라고 큰소리 쳤는데, 우리 편이 충분치 않음을 직시하는 건 두려운 일이다.

때맞춰 백래시도 거세다. 오랜 경제 불황과 취업난으로 양질의 일자리가 줄어들고 각성한 여자들이 온오프라인에서 남성의 실질적 경쟁자가 되자, 20대 남성들은 페미니즘을 공정이 아닌 위협으로 받아들이고 있다. 자원과 기회를 나누지 않는 기성세대 기득권, 거대 자본에게 물어야 할 책임을 '만만한' 여자들에게 돌리고 있는 것이다.

아직 이루어지지 않은 성 평등을 여성들이 요구하는 것만으로도 피해자가 된 듯한 망상에 사로잡히다니. 교사가 페미니즘이라는 불온사상(?)을 학생들에게 주입하려 한다고 국민 청원까지 올리다니. 안티페미니스트들은 대체 어떤 뉴스와 정보의 콘크리트에 갇혀 있는 것인가? 그보다 더 어이없는 것은 이들의 말도 안 되는 어깃장에 기업들이 줄줄이 사과하고 정치권과 청와대가 진지하게 응답하는 모습이다.

어려운 싸움이다. 그럴수록 전략과 전술이 필요하다. 적은 자원으로, 의미 있는 변화를, 너무 늦지 않게 만들기 위해서는 최대한 효과적인 방법을 시도해야 한다.

스포츠 경기에서 리드하고 있는 팀은 시간 끌기로 상대 팀의 힘을 뺀다. 그럴 때 지고 있는 쪽은 어떻게든 기습 공격을 시도한다. 기존 경기 속도대로 해서는 승산이 없기 때문이다. 상대의 허를 찌르는 속도감 있는 플레이. 감동의 역전 드라마를 만드는 건 포기하지 않는 승부욕과 함께 언제나 변칙 공격이다.

우리에게도 이런 방식이 필요한 타이밍이다. 지금까지 적극적으로 시도해보지 않았던 것들을 시도해볼 마지막 시기에 이르렀다. 어쩌면 여자들의 진짜 적은 별 저항 없이 살던 대로 살고 싶은, 수백 년 동안 체화된 관성인지 모른다. 여자의 '운명'이 왜 '여자'의 운명이어야 하는지 질문하지 않고 순응했던 결과가 오늘이라면 오늘과 다른 내일을 만들기 위해서는, 나와 여자들뿐만 아니라 인류와 지구를 구하기 위해서는, 살던 대로 살아서는 안 된다.

이 원칙은 개인적 선택과 정치적 선택, 둘 다에 적용된다. 누군가는 급진적이라고, 누군가는 과격하다고 제동을 걸 것이다. 그러나 그저 현재 스코어를 유지하면 이기는 쪽은 시간 끌기로 상대의 공격 기회를 줄인다는 점을 기억하자. 우리에게는 남은 시간이 많지 않다.

영원히 삶이, 지구가 지속될 것처럼 살아가지만 본질적 문제를 회피하는 동안에도 시곗바늘은 돌아간다. 잊지 말자. 긍정의 힘은 기도가 아닌 시도에서 나온다. 그러므로 인류 문명이, 시스템이 작동하는 지금 승부수를 던져야만 한다.

　　물론 모든 여성이 남성 중심적 사회에 맞서는 데 효과적인 승부수를 던질 수는 없다. 사회 변화에 필요한 티핑포인트는 25%라고 한다. 새로운 시도, 일상의 혁명에 동참하는 여성의 수가 넷 중 하나만 되면 전세를 뒤집는 변화에 이를 수 있다는 뜻이다. 지난 2021년 4월 7일 서울시장 보궐선거에서 거대 양당 후보가 아닌 나와 같은 소수정당 후보에게 투표한 20대 여성이 15.1%인 것은 그래서 유의미하다. 어렵게 생각할 것 없이 2030 여성 25%가 동시에 사회적 여성성의 상징인 '긴 머리' 대신 '숏컷'을 한다면? '숏컷'과 함께 페미니스트 선언을 해버린다면? 놀랍게도 한국이 뒤집어질 것이다. 생각보다 쉽지 않은가? 대전환의 티핑포인트는 멀리 있지 않다. 여기 숏컷(지름길)이 있다.

회피의 문제

혼돈의 1년 차, 적응의 2년 차를 지나 회사 생활 3년 차가
되었을 때 나의 취미는 '유학 검색'이었다. 대학 졸업 동기,
입사 동기들이 하나둘 퇴사하고 유학길에 오르는 걸
보면서 처음엔 '나도 한번?'식으로 별생각 없이 시작했다.
그러던 중 팀이 바뀌어 집에 안 가기로 악명 높은
팀장 밑으로 가게 되었다. 평소엔 밤 10시에서 11시에
퇴근, 경쟁 PT가 생기면 회의실에서 밤새는 게 일상인
사람이었다.

　물론 팀장의 일상은 팀원의 일상이다. 우리끼리는
그를 '회사성애자'라고 불렀다. 회사성애자의 사전엔 '정시
퇴근'이 없을뿐더러 '거절'이란 말도 없었다. 일이 넘쳐나

팀원들이 번갈아 코피를 쏟아도 결코 들어오는 일을 마다하지 않았다. 당시 유행하던 메가패스(초고속 인터넷 브랜드) 광고 카피처럼 "다 받아주어라~"였다. 신입사원 때부터 야근에 익숙한 나였지만 이건 새로운 차원이었다.

'시발비용'과 유사한 '시발검색'이었다. 출근하는 일요일이 늘어날수록, 업무 스트레스가 쌓일수록 유학에 관해 검색하는 시간이 길어졌다. 2년 남짓 월급 받아 모은 돈은 기껏해야 몇 백이 될까 말까. 이미 미대 입시로 모부의 등골을 휘게 만든 전적이 있었기 때문에 유학을 보내달라고 할 염치도 없었다.

'그래도 어떻게든 되지 않을까?'

어린 시절 '키다리 아저씨'를 꿈꾸던 것처럼 어디선가 막연한 낙관주의가 솟아났다. 계산기 몇 번 두드리면 나오는 숫자를 외면한 채 무지개를 쫓듯 유학 검색에 몰입했다. 미국? 영국? 전공은 뭘로 하지? 디자인 매니지먼트? MBA를 해야 하나? 난 영어 점수는커녕 영어 공부도 제대로 한 적 없는데! 옵션을 검토하고 고민하는 순간만큼은 위안이 되었다. 생각보다 재미없고 고된 광고 회사에서 탈출할 희망이, 계획이 있으니 말이다.

탈출 전문가. 아니다 싶으면 잽싸게 도망치는 사람이 나였다. 동양화에서 시각디자인으로 과를 바꾸고, 디자이너에서 카피라이터로 직종을 바꾸고, 이곳에서 저곳으로 회사를 바꾸고…… 자기소개서에는 모험과 도전이라 포장될 이 변화무쌍한 경로 뒤에 숨은 진짜 동기는 '탈출 욕구'였다. 지방에서 서울로 첫 탈출에 성공한 후 나는 주위의 기운을 파악하고, 움직이고, 갈아타기를 거듭했다. 작은 동물들이 재해를 먼저 감지하고 달아나는 것처럼 기댈 곳 없는 내가 살아남기 위한 생존 기술이라 생각했다. 그렇게 나름 요령 있게 도착한 곳에서 장애물에 부딪히자 나는 또다시 습관처럼 탈출을 꿈꾸고 있었다.

사실 집에 안 가는 팀장 정도는 장애물이라고 할 수 없다. 사원급은 몇 달, 길어야 1년 후에는 팀 이동이 가능하다. 그걸 못 참고 회사를 옮기는 게 더 위험하다. 문제는 탈출하고 싶다는 욕망 그 자체였다. 직장 생활 3년 차쯤 되면 나의 사회, 경제적 위치가 어디쯤인지 파악되고 어느 정도 미래가 그려진다. 크리에이터라고 해봤자 월급쟁이 회사원, 시도 때도 없는 광고주 요구에 저녁 약속조차 마음대로 잡을 수 없는 '을' 생활, 그걸 견디고

능력을 발휘한다 해도 기다리는 건 회사성애자 팀장
자리다. 저게 나라니. 하나도 멋있지 않아! 구체적으로
상상될수록 부정하고 싶어졌다. 지금 이곳에 머문다는 건
저 미래를 받아들인다는 의미였다.

'여기서 탈출하면 달라지지 않을까?' 몽상에 가까운
유학 앓이는 팀이 바뀌고 해가 바뀌어도 계속됐다. 그
사이 주위 친구들은 결혼을 하고…… 결혼을 했다. 잔치가
끝나기 전 폭주하는 29살을 보낸 뒤 패잔병처럼 서른을
맞이했을 때, 나에겐 더 이상 가고 싶은 대학의 지명도니
순위니 따질 여력이 남아 있지 않았다. 어학연수든
안식년이든 뭐든 좋았다. 어차피 달아날 핑계만 찾고
있었으니까. 하필 뉴욕이었던 건 거기서 우연히 누군가를
만날지 모른다는, 그와 함께 나의 미래가 바뀔지 모른다는
기대 때문이었다.

당시 나는 대리 직급을 달고서도 내 인생을 내가
온전히 책임져야 한다는 사실을 입에 쓴 약을 거부하는
아이처럼 밀어내고 있었다. 이게 전부는 아니지
않을까? 뭔가 더 있지 않을까? 그게 뭐가 됐든 시간을
벌고 가능성을 열어두고 싶었다. 불량식품처럼 달콤한
낙관주의에 기대어. 그 후로도 나는 당면한 현실을

직시하고 해결하면서 돌파하기보다 싫은 것들을 떠나는
전략을 이어갔다.

이것은 퇴사의 문제도 번아웃의 문제도 아니다.
오랫동안 진로 고민과 헷갈렸지만 사실 이것은 회피의
문제였다. '내 인생의 운전대'를 잡느냐 마느냐의
문제. 혜민 스님 어록으로 어느 순간 트로트 가사 같은
밈Meme이 되어버렸지만 웃을 일이 아니다. 특히 한국처럼
가부장제가 강력한 남성 중심 사회에서 나고 자란
여성에겐 핵심적이다. 일생을 관통하는 태도와 그에
기반한 여러 선택의 뿌리에 바로 이 회피의 문제가 있다.

말로는 여성도 자아실현을 해야 한다고, 홀로
서야 한다고 외치지만 결정적 순간에 한발 비켜서고
싶다. 떠올려보자. 왜 몇 년 회사 다니다 사표 던지고
어학연수를 가거나 장기 여행을 하는 사람은 대부분
여성일까? 주변 졸업 동기, 입사 동기를 봐도 괜찮은
회사에 들어간 남자 중에 대책 없이 그만두고 쉬는 이는
거의 없다. 남자가 외국에 나간다면 결혼 후 아내를
대동해 유학을 가는 식이지 목표가 불분명한 경우는
드물다.

결혼을 전제하지 않더라도 '어떻게든 되겠지' '무슨

수가 생기겠지' 같은 방임적 태도 역시 회피의 일종이다. 가부장제 영향력 아래 살아온 여성의 자기 부양자로서의 인식은 남성보다 약할 수밖에 없다. 거의 없다고 봐야 한다. 취업을 넘어 일생에 걸쳐 내 생계, 내 거주를 내가 부양해야 한다고 하면 실감하지 못한다. 생각하고 싶지 않은 말에는 귀 막고 싶어한다. 어떻게든 되겠지, 무슨 수가 생기겠지 하고.

한국 여성은 교육열이라는 시대적 수혜 덕분에 약간의 경제력을 가졌지만 주체적 경제관념을 갖추기에 앞서 빠르게 자본주의에 잠식당했다. 내가 아닌 몰입할 외부 대상을 찾아 소위 '덕질'로 소비하는 건 현재 가장 보편적인 회피의 방식이다. 남성 배우자가 개입하지 않는 자신의 미래는 아득한 심연으로 남겨둔 채 말이다.

뉴욕 생활을 정리하고 혼자 귀국했을 때 내가 얼마나 우울했는지 기억한다. 절대 돌아가지 않을 거라 다짐했던 광고회사 면접을 다시 보러 다니는 동안 남편을 따라 외국에 나가거나 외국에서 남편을 만나 정착한 친구들이 떠올랐다. 다만 상대의 진로와 거취에 동승해 따라가는 건 나의 이야기가 아니었다. 그렇다면 나는 무엇을 하는 사람일까? '엄마'가 아닌 나는 어떤 존재적 성취를 하게 될까? 이제는 손에 잡히지 않는 무지개 대신 이 답과, 별것 없는 나의 현실과 직면해야 한다는 사실이 무겁고 무서웠다.

　　최근 『빨강머리 앤』 『작은 아씨들』 등 여성을 주인공으로 한 고전들이 영상으로 리메이크되고 있다. 훌륭한 각색 덕분에 어린 시절 향수를 뛰어넘는 동시대적 카타르시스를 선사한다. 그렇다 해도 그 끝에는 예외 없이 남성 배우자와의 결합이 기다리고 있다. 마치 여성의 자아실현에는 남성이 포함되며 그것이 해피엔딩인 것처럼. 고전의 한계와 미디어가 허락한 여성주의는 교묘하고 아름답게 중첩된다. 이렇게 집요하게 이성애 기반 가부장제를 주입받고 자란 여성이라면 누구나 회피의 문제를 겪을 수 있다. 이 과정에서 '소비자 주체성'은 오히려 여성의 객체성, 피부양자성을 강화하는 방식으로 작동한다.

　　생애 주기에 따라 우리가 하게 되는 여러 선택 동기 이면에는 아직도 회피의 유혹이 숨어 있는지 모른다. 이 문제를 어떻게 직시하고 극복할 것인가? 세상은 여성인 내가 회피해도 괜찮은 것처럼 거짓 희망을 불어넣지만 제도적 종속 외에 나의 회피가 불러올 다른 결과(전문성

상실, 경제력 상실)에 대해서는 침묵한다.

지금의 현실에서 탈출하고 싶은 이들에게 스포일링하자면, 인생은 생각보다 드라마틱하지 않다. '데우스 엑스 마키나^{불가항력적 힘이 모든 갈등을 해소해주는 결말}'는 없으니 혹시나 하는 기대는 접어두는 편이 좋다. 마흔이 넘고 보니 마흔이 된다고 어떻게든 해결되는 게 아니라 직접 해결하지 않은 경제적, 정신적 자립 이슈에 복리 이자가 쌓인 청구서가 날아들 뿐이다. 그때 가서 원인을 깨닫는 이도 드물다. '신의 뜻' '타로' '사주팔자'라는 치트키가 여전히 인기 있는 이유다.

어쩌면 여자들이 가장 먼저 탈출해야 할 것은 막연한 낙관주의다. 구름 위가 아닌 우리가 현실이라 부르는 기울어진 땅에 두 발을 딛고 일어서는 것부터가 시작이다.

남자라는
클라이언트

"언니는 남자친구 대할 때 완전 달라져요."

쟁반 정도가 아니다. 머리 위로 쿵! 하고 돌이
떨어지는 느낌이었다. 이런 말을 들은 건 태어나
처음이었다. 아니 내게 이런 말을 해준 사람이
처음이었다. 화가 먼저였을까 부끄러움이 먼저였을까?
두 가지 감정은 그 순간 나의 표정에 어떤 비율로
드러났을까?

"어…… 그래?" 나는 간신히 반문하는 것으로
반응을 대신하고 서둘러 화제를 돌렸다. 그 후로도 우리는
이것에 관한 이야기를 제대로 나누지 않았다. "내가
남자를 너무 좋아해서!"만으로는 설명되지 않는 부분에

대한 답이 딱히 없기도 했고, 어슴푸레 그 답을 깨닫기 전에 그와 나는 멀어져버렸기 때문이다.

친구가 두고 간 문장은 생각의 문이 되었다. 혼자 있을 때 혹은 누군가와 함께 있을 때조차 나는 슬며시 그 문으로 빠져나갔다. 내가 남자친구랑 있을 때 어떻다는 거지? 여자친구랑 있을 때는 또 어떻고? 다르다면, 나는 왜 달라지는 걸까? 성인이 된 이후부터 인간관계에 남자가 개입하지 않은 시기가 거의 없었던 만큼 쌓인 데이터는 많았다. 과거 사례를 복기하며 현재 내 몸의 척수반사적 반응을 해석하려 애썼다.

그럴수록 분명해지는 한 가지. 이건 단지 상대에게 어필하기 위한 일반적 '내숭'이나 어떤 '~척'의 개념이 아니다. 친밀한 관계의 남자와 있을 때 나의 자세는 '부자연스러움'에 가까운 것이었다. 기시감이 들었다. 이런 종류의 어색함, 부자연스러움을 나는 다른 곳에서도 지각한 경험이 있다. 아무리 친하다 해도 완벽하게 무장 해제할 수 없고 완전하게 편안해질 수 없는 상태. 최상의 순간에도 일정량의 긴장을 동반한 상태.

광고를 만들 때 가장 신경 쓰이는 대상은 누굴까? 리뷰하는 윗사람? 항상 싸우는 기획팀? 잘나가는 감독?

이 셋을 합한 것보다 더한 존재가 바로 광고주다. 일과 돈을 주는 클라이언트 없이는 리뷰도 없고 회의도 없고 촬영도 없으니까. '주님'이라는 줄임말이 이보다 잘 맞아떨어질 수 없다. 주님에게 호감을 주고 신뢰 관계를 형성하는 것은 그러므로 중요한 스킬이다. 무조건 비위를 맞추거나 '예스맨'이 되어야 한다는 뜻은 아니다. 나의 성향, 광고주의 성향에 따라 작전은 달라질 수 있다. 같은 광고주라 할지라도 어떨 때는 어르고 어떨 때는 잘라내는 식의 융통성과 유연함, 섬세함이 필요하다. '베이비 케어^{Baby care}'에서 나온 '광고주 케어'라는 용어가 있을 정도다. 주님처럼 생사여탈권을 쥐고 있으면서 동시에 아기처럼 돌봄이 필요한 대상이라니! 그래서 광고주를 상대할 때면 줄곧 촉을 세울 수밖에 없다. 어느 정도 친밀감이 형성되었다고 해도 결코 편안해지지 않는다. 함께 웃고 떠들면서도 그들의 심기를 읽거나 예측하고 필요한 것들을 챙기기 위한 긴장이 은은하게 지속된다. 이런 방식으로 누군가를 의식한다는 건 신경이 계속 쓰인다는 얘기고 뇌는 이것을 '일'로 받아들인다. '아, 얘가 지금 일을 하고 있구나.' 그렇게 몸의 각 부분에 보내진 신호는 어딘가 각성되고 경직된 행동으로 나타난다. 신체

전반에 휴식 모드가 아니라 업무 모드가 작동하는 것이다.

그렇다. 나는 일을 하고 있었다. 친밀한 관계의 남자를 대할 때조차 온전히 편안해지지 못하고 어색함과 부자연스러움을 느꼈던 이유는 내가 시종 업무 중이었기 때문이다. 꼭 물리적 노동이 아니라 광고주처럼 한 공간에 존재하는 것만으로도 신경이 노동하는 상태였다. 아내를 모자로 착각한 남자도 있었다는데 나의 뇌는 남자와 클라이언트를 구분하지 못했다.

클라이언트는 한마디로 '잘' 보여야 하는 존재다. 밉보이면 애초에 계약이 성사되지 않고, 계약이 성사된 후에도 중도 해지당하지 않으려면 계속해서 잘 보여야 한다. 그렇게 하는 이유는 하나다. 얻을 것이 있기 때문이다. 안정적인 광고 물량과 광고비, 캠페인이 성공했을 경우 명성과 또 다른 기회도 얻을 수 있다. 잘 보이기의 기본은 나에게 주어진 혹은 상대가 기대하는 역할을 성실하게 수행하는 것이다. 얻을 것이 많은 빅 클라이언트일수록 역할 수행에 투입되는 노력도 커진다.

남자를 만날 때도 다르지 않았다. 함께하는 미래가 수월하게 그려지는 상대일수록 '여성성' 수행에 대한 나의 무의식적 압박도 커졌다. 이성애 관계에서 여성은 여성에게 기대되는 가부장적 여성성을 다양한 방식으로 수행하게 된다. 꾸밈노동뿐만이 아니다. "남자는 여자 하기 나름이에요~." 1989년 삼성전자 CF에서 고 최진실 배우를 스타로 만든 이 한마디처럼 모든 건 여자에게 달려 있다고 주입받는다. 주기적인 섹스, 남자의 마음과 신변 챙김, '개념녀'와 '섹시녀'를 넘나들고 '아기'와 '엄마'를 오가며 어떤 비기를 쓰든 여성이 '잘' 해내면 된다고. 결혼을 생각하고 있다면 더욱 그러하다. 결혼 자체가 가부장적 성 역할에 의해 유지되며 그것을 재생산하기 때문이다. 결혼을 고려하지 않는다 해도 여성이 사회적 여성성이라는 스테레오 타입을 수행하지 않을 경우, 성애에 기반한 이성 관계는 생각보다 시시하게 무너진다.

남성 중심 사회에서 길러지고 적응하며 살아온 여성은 관계의 이러한 기울기를 인지하는 것조차 쉽지 않다. 어렴풋이 부자연스러움을 느끼지만 그조차 당연한 것, 자연스러운 것으로 받아들일 확률이 높다. 여성주의를 처음 접한 뒤 나는 남자 앞에서 프로그래밍이라도 된 듯 업무 모드로 전환되는 내 몸의 반응을 지각했고 당시의 남자친구에게 화내는 횟수가 늘었다. "난 네가 언제 짜증 낼까 늘 네 기분을 살펴. 어떨 때는 테라피스트가 돼야

할 것 같고 어떨 때는 치어리더가 돼야 할 것 같아. 그게
얼마나 피곤한 일인지 알아? 내가 왜 그래야 해? 넌 안
그러잖아!"

그러면 남자친구는 자긴 내가 그런 줄 몰랐다며,
그러지 말라고 했다. 그러나 안 그러고 싶어도 남자친구를
대할 때면 자동적으로 그렇게 됐다. 나는 나 자신에게
더 화가 났다. 여자친구와 있을 때처럼 왜 긴 시간
침묵하거나 무표정할 수 없을까? 너와 섹스하기 싫다고
왜 솔직하게 말할 수 없을까? 이 관계, 계약을 파기하는
게 두려워서? 그 남자가 놓치기 아까운 클라이언트
같아서?

친밀한 사이에서도 일하고 있는 나, 가부장적
여성성을 수행하는 나를 의식할 때마다 우울해졌다.
동시에 이런 감정노동을 감수하고서라도 그의 전속
에이전트가 되고 싶다는 유혹도 외면할 수 없었다. 그를
따라 한국을 떠나 새롭게 시작할 수 있다는 아이디어에
끌릴수록, 내가 믿고 있는 여성의 존엄과 독립을 스스로
저버리고 있다는 죄책감에 고통스러웠다.

나이가 들면서 늘어나는 건 현명함보다 자기모순을
견디는 능력이다. 하지만 나는 나 자신을 속여 넘길

만큼 거짓말에 능숙하지 못했다. 여성이 어떤 선택을 하든 그것이 곧 여성주의라고 우길 정도의 뻔뻔함도 없었다. 무엇보다 일하기 싫었다. 더는 상대방에 맞춤한 특정 역할을, 여성성을 수행하기 싫었다. 일을 좋아하고 일이 중요한 사람이지만 나에게 클라이언트는 공적 영역으로 충분하다. 사적인 관계에서는 '내가 잘 해내서 상대를 만족시켜야 한다'는 긴장이나 의무감 없이 그저 편안해지고 싶다. 아무리 좋은 클라이언트라도 한 지붕 아래 함께 살 수는 없다. 나는 남자라는 클라이언트를 정리했다.

여자를 왜
더 쉽게 놔버릴까

여자와 드러내놓고 싸운 게 언제였더라? 휴가 중에 친구와 눈물까지 흘리며 싸우게 될 줄은 몰랐다. "그걸 일일이 다 말해야 알아?" 같은 말을 '커뮤니케이션 디렉터'였던 내가 할 줄은 더더욱 몰랐다.

    한국, 프랑스, 콜롬비아, 루마니아. 나를 포함 각기 다른 국적을 가진 네 여자는 2018년 12월, 미국 국방부 초청 '국제 여성 리더십 프로그램'에서 만난 사이다. 미 전역을 방문하는 3주간의 동고동락 끝에 50여 명의 참가자 중에서도 특히 가까워진 우리는 그 후로도 채팅과 화상 통화로 친밀감을 이어왔다. 그러다 누군가 "2019년 여름 휴가를 함께 보내자!"는 아이디어를 냈고 서로의 거리와 왕복 비용 등을 따졌을 때 바르셀로나는 합리적인 선택이었다. 넷 중 가장 멀고 비싼 게 나였지만 그건 별문제가 아니었다. 문제는 언어였다.

우리의 공용어는 영어다. 영어가 모국어가 아닌 외국인들끼리의 대화가 그렇듯 물 흐르듯 의사소통이 되지는 않는다. 얘기를 하다 보면 각자가 쓸 수 있는 모든 수단을 동원한다. 그리고 나를 뺀 3명에게는 스페인어라는 아주 유용한 소스가 있었다. 게다가 우린 바르셀로나에 있지 않은가! 가장 신난 사람은 나의 '베스티^{절친}' 앙카였다. 루마니아 출신 PR 전문가 앙카는 어딜 가든 손을 제일 먼저 들고 질문을 가장 많이 하는 타입이다.

어린 시절 스페인 드라마로 익혔다는 스페인어를 현지에서 써먹는 것까진 좋았다. 앙카는 어느 순간 우리끼리 있을 때도 영어가 서툰 콜롬비아 출신 마리아나에게 스페인어로 말하기 시작했다. 그러자 마리아나의 '베스티'인 산드린도 가세했다. 유일하게 스페인어를 하지 못하는 나를 위해 친구들은 영어로 설명하려 했지만 설명되지 못하는 문장이 더 많았다.

처음엔 그냥 쿨하게 넘어가려 했다. 기본

2, 3개국어를 하는 유럽인과 달리 영어도 간신히 하는 아시안으로서 부러움과 부끄러움이 들었고 무엇보다 자기들끼리 주고받는 농담인데 속 좁게 굴고 싶지 않았다. 나는 여성 연대를 외치는 페미니스트니까, 내 '기분' 좀 나쁜 걸 티 낼 필요까지야!

하지만 대화에서 겉도는 느낌을 며칠째 받다 보니, 그걸 또 아무렇지 않은 척하다 보니 힘이 들었다. 여행의 피로함과 소외의 서운함, 둘의 시너지가 향한 대상은 가장 가까운 앙카였다. '내 베스티라면서?' '어떻게 그렇게 생각이 없을 수가 있어?' '어떻게 자기가 더 나서서 그래?' '왜 나에 대한 배려가 없지?' '내가 아시안이라서 그런가?' 단순했던 감정은 점점 더 증폭됐다.

표출되지 않은 감정을 안고 있으면 행동에서도 티가 날 수밖에 없다. "Are you OK?괜찮아" 앙카가 내 기분을 점검하는 횟수도 늘어갔다. 물론 나는 괜찮다고 거짓말했다. 처음엔 하나였던 괜찮지 않은 이유가 몇 가지로 늘어났고 이제 뭔가 돌이킬 수 없는 느낌이 되어버렸지만 이 불편함은 휴가 끝날 때까지만 잘 감추면 돼. 그리고 집으로 가져가자. 가서 놓아버리자.

그러다 문득 깨달았다. 이런 패턴이 얼마나

자주 반복됐던가? 어쩌면 나는 늘 이런 식이었다. 여자친구들과의 관계는. 여자들과의 커뮤니케이션은. 부정적 감정의 씨앗을 묻어두고 나무로 자랄 때까지 키웠다가 손쓸 수 없이 자라버리면 관계 자체를 벌목해버렸다. 상대에게서 비슷한 낌새를 감지했을 때도 그랬다. 원인을 직접 묻지 않고 짐작만 한 뒤 멀어지는 것을 손 놓고 지켜봤다. 여기까지가 끝인가 보오. 이제 나는 돌아서겠소.

일을 대하는 태도는 이렇지 않다. 의견을 낼 때 상대의 의도를 짐작하거나 에두르는 법이 없다. 그런데 왜 유독 여자들에게는 내 감정을 직접 댓글 달지 못할까? 왜 가까운 친구에게도 자꾸 거짓말을 하게 될까?

집으로 돌아온 후에도 나는 한동안 이 질문에 골몰했다. 그러다 불현듯 오래전 읽었던 책이 떠올랐다. 레이첼 시먼스의 『소녀들의 심리학』. 성장기 여성의 심리와 공격성에 대해 연구하는 저자는 여성의 삶 구석구석에 침투해 있는 '간접성의 문화'를 지적한다.

우리 문화에서 소녀들은 그들 자신을 왜곡하여 점점 불편하고 부자연스러운 위치로 몰아 간다. 우리는

소녀들에게 대담하면서도 소심하고, 육감적이면서도
야위고, 성적 매력을 풍기면서도 얌전하라고 말한다.
서두르라고 하면서 기다리라고 한다. 그런 식으로
몰리면 소녀들은 결국 이러지도 저러지도 못해
와해된다.

문화가 소녀들에게 뚜렷한 역할을 규정해주지
못하면 소녀들은 혼란이 모두 합산된 모습이 될
수밖에 없다. 소녀들은 간접적으로 행동하기로
결심함으로써 (…) 그 혼란스러운 메시지를 이해한다.
대중매체는 이 간접성의 문화를 강화하여 소녀들이
지닌 이중성과 회피성을 부추긴다.[*]

그러고 보니 광고를 만들 때도 '낮에는 청순하게, 밤에는
섹시하게'처럼 여성의 비밀스러운 이중성을 강조하곤
했다. 영화 「엽기적인 그녀」에 사람들이 열광했던 것도
청순과 엽기를 오가는 전지현의 예측 불가 캐릭터
때문이었다. 예전 베이비 페이스에 글래머러스한 몸매를
가진 '베이글녀'가 트렌드가 된 것도 같은 이유다.

이런 대중문화 콘텐츠를 흡수하며 소녀들은 자신을
직접적으로 드러내거나 한 가지 면만 갖는 건 매력적이지

않다고 학습한다. 경쟁, 질투, 분노, 화 같은 자연스러운
감정을 부자연스럽게 숨기며 성장한다. 동시에 자신은
물론 다른 여성의 언행까지 은연중에 검열하게 된다. 내가
감정을 감추는 만큼 다른 여성도 감출 거라고 짐작한다.
끝내는 내가 거짓말을 하는 만큼 다른 여성도 거짓말을
할 거라고, 내가 믿지 못하는 만큼 다른 여성도 나를 믿지
못할 거라고 믿어버리게 된다. '여자도 여자를 모른다'
같은 말에 고개를 끄덕거리면서 말이다.

그랬다. 나는 앙카를 믿지 못했다. 우리 관계의
건강성을, 그와 내가 이 정도 갈등을 감당할 수 있을
거라는 가능성을 의심했다. 믿지 못했기 때문에 솔직하지
못했고 거짓말을 했고 제대로 싸우지도 않고 놓아버리려
했다. 나는 앙카를, 여자를 왜 더 쉽게 놔버릴까? 없어도
'손해' 볼 게 없어서? 이해관계로 얽혀있지 않아서?

잠재적 경제 동맹인 독점적 이성애 관계에서는
억지로라도 상대를 믿고 싶어 애를 쓰는 데 비하면 여성과
여성의 관계에서는 애초에 믿고 싶은 의지가 크게 없었다.
세뇌된 불안처럼 세뇌된 불신이 존재한다. 이 불신 뒤엔
그가 언제든 뒤돌아 '그의 남자'에게 돌아갈 거라는, 내가
언제든 뒤돌아 '내 남자'에게 돌아갈 거라는 가정이 뿌리

박혀 있었는지 모른다.

유리천장과는 또 다른 불신의 유리벽에 부딪히는
여자가 나 하나뿐일까? 여성이 여성에게 알아서 벽을
세우도록 만드는 편리한 분할 통치, 이 또한 가부장제의
작동 방식이다. 이로 인해 잃어버린 것은 가까운 동성
친구, 동료만이 아니다. 결혼을 전제로 한 독점적 이성애
너머를 상상하는 원동력, 여성 간 신뢰 또한 잃어버렸다.
기울어진 운동장에서 잃어버린 임금을 되찾듯 우리는
잃어버린 신뢰를 되찾아야 한다. 이 과정 없이 여성
연대를 이야기하는 것은 공허한 일이다.

"추측하지 마세요."

강경화 전 장관은 일하는 태도에 관해 이렇게
말한 적 있다. 이 영어 인터뷰에서 그가 사용한 '세컨드
게스Second-guess'란 표현은 타인의 의도를 미루어 짐작함을
뜻한다. 상대의 행동이나 피드백을 두고 '내가 여자라서
(혹은 아시안이라서) 저러는 게 아닐까?' '숨은 의도가
있지 않을까?' 추측하는 건 일의 진행에도, 관계에도
도움이 되지 않는다는 내용이었다. 오랜 외교 경험에서
그가 얻은 교훈일 것이다. 그러면서 강 전 장관은
'페이스 밸류Face value, 액면가'라는 단어도 함께 썼다. 결국

추측하기보다 보이는 그대로 받아들이자는 얘기다. 나 역시 일을 해오면서 이런 태도가 무엇보다 나 자신의 멘탈과 에너지 보존을 위해 필수적이라는 사실을 배웠다.

이 전략은 여성과 여성의 관계에서도 유효하다. 왜 아니겠는가? 상대에 대해 짐작하지 말 것. 보이는 말과 행동을 믿을 것. '간접성의 문화'에서 벗어나 나부터 '페이스 밸류'를 실천할 것. 내가 드러내는 만큼 상대도 드러낼 거라는 믿음에서 변화는 시작된다.

이런 관점에서 최근 10대, 20대 여성들을 중심으로 확산되고 있는 '탈코르셋'도 '페이스 밸류'로 해석될 수 있다. 연예인 못지않게 꾸미거나 꾸밈을 권하는 여성, 자신의 외모를 지나치게 의식하거나 전시하는 여성이 주위에 있을 때 생성되는 묘한 긴장감, 불안감, 피로감을 우린 잘 알고 있다. 표출되지 않지만 분명히 공기 중에 떠도는 감정들이다. 이런 복잡한 감정의 층은 여성이 여성을 신뢰하는 데 방해 요소로 작용한다.

사회적으로 만들어지고 세뇌된 미의 기준인 '여성성'을 벗어 던진 여성의 외양, '탈코르셋'은 남성의 시선과 욕망을 전제하지 않는 여성의 내면을 그대로 보여주는 표지가 된다. '저 사람의 준거 집단은

어디일까?' '여성 연대의 의지가 있는 사람일까?' 같은
'세컨드 게스'가 끼어들 여지가 없다. 그에 소모되는
에너지도 없다. "나에게 여성 해방은 상상이 아닌 지금
내 몸에서 일어나는 일이다!" 지하철에서든, 거리에서든,
도서관에서든 '탈코' 여성을 마주치고 이 메시지를
전송받기까지 1초도 걸리지 않는다. 얼마나 효과적인
신뢰 커뮤니케이션인가?

　　"개강여신이 사라졌다." 2018년 가을 기사가 떴다.
'개강여신'이란 방학 동안 다이어트, 성형 등으로 외모
변신을 한 학생을 가리키는 말이다. 기사를 봤던 당시
깜짝 놀랐다. 내가 유학 중이던 2000년대 중반에 한국
여자 대학생들은 시험 기간에도 하이힐, 미니스커트,
풀 메이크업을 놓지 않기로 유명했기 때문이다.
대학생들에게 물어보니 정말 짧은 머리, 노 메이크업,
편한 복장이 캠퍼스 내에 눈에 띄게 늘었다고 한다.
그뿐인가? 2019년 가을에는 20대 여성이 미용, 성형에
지출하는 비용이 줄어들었다는 기사도 뒤를 이었다.
K-뷰티에 역행하는 이 현상을 '탈코르셋' 흐름 말고
설명할 수 있을까? 온오프라인의 친구들이 용기 내어
선행한 '페이스 밸류', 이것을 보고, 믿고, 호응하고 있는

것이다. 기사화될 정도로 많은 수의 여성이.

앙카와 나의 이야기로 돌아가보자. 바로셀로나에서
서울로 돌아오기 전, 나는 앙카에게 쌓였던 감정을
폭발시켰다. 묵히지 않았다면 차분하게 설명할 수 있었을
텐데 그러지 못했다. 표정은 굳고 눈물이 솟아올랐다.
앙카는 내가 말하지 않아서 몰랐다고, 그 자리에서
잘못을 인정하고 사과했다. 이런 일이 또 생기면 그때는
지체 없이 이야기해달라고도 했다. "나는 불만이나
문제를 바로바로 제기하는데 이게 어린 시절 겪은
공산주의 영향인지 모르겠어." 앙카의 말에 우린 같이
울면서 웃음을 터뜨렸다.(루마니아는 1989년 민주화
혁명 이전까지 공산주의였다.) 요즘은 페이스타임으로
코로나가 가라앉은 뒤 떠날 다음 휴가지로 어디가 좋을지
의논하고 있다.

여성은 오랫동안 여성을 와해시켜온 간접성의
문화에서 벗어나야 한다. 함께 가고 싶은 사이라면
질투, 분노 같은 감정까지 솔직하게 인정하고 드러내야
한다. 그것이야말로 관계의 회복성, 가능성을 열어두는
일이고 그 열린 문을 통해 신뢰가 오갈 수 있다.
우리에겐 꾸밈없는 '페이스 밸류'에 대한 합의와 연습이

필요하다. 2000년대 초 히트했던 모 증권사 광고 카피를 빌려와본다. "보이는 것만 믿으세요."

코어 있는 삶

나는 여러 가지 일을 동시에 하고 있다. 기획자,
카피라이터, 소상공인에다 작가, 강연자, 최근엔 정치인
타이틀까지 추가됐다. 인터뷰 등에서 자기소개를
요청받을 때 이걸 어디까지 얘기해야 할까 고민되기도
한다.

쉽게 'n잡러'라고 하는 이들도 있지만 나는 단순히
2가지 이상의 일을 병렬적으로 겸업한다고 생각하지
않는다. 나의 직업 활동에는 전체를 관통하는 큰 줄기가
있고 개별적 일들은 거기서 뻗어 나가는 가지라고 볼 수
있다. 그러니까 n개의 각기 다른 일이 아니라 한 가지 핵심
커리어와 그것의 변주Variation들인 셈이다. 그 여러 가지

배리에이션의 중심에 있는, 기본 줄기가 되는 커리어가
바로 '코어 커리어'다.

"코어를 키워야 합니다."

저질 체력 때문에, 허리가 아파서, 체중을 줄이려고
등등의 이유로 큰맘 먹고 PT개인 트레이닝를 받게 되면 첫날에
거의 반드시 듣게 되는 말이다. 유튜브만 들어가도 헬스
트레이너들이 앵무새처럼 반복하는 단어가 '코어'다.
신체의 각 부분은 정교한 톱니바퀴처럼 맞물려 있고
서로 영향을 주고받기 때문에 중심에서 바르게 잡아주는
근육이 중요하다.

코어는 우리 몸의 중심부—척추, 골반, 복부—를
움직이거나 지지하는 근육을 말한다. 아이러니하게도
코어 근육을 갖기 전까지는 코어의 위력을 제대로 알기
어렵다. 실제로 체감해봐야, 코어를 가져봐야 "이래서
코어 코어 하는구나!" 무릎을 치며 코어 예찬론자가 된다.

나 역시 요가, 댄스 등 이런저런 운동을 미용
목적으로 했을 때만 해도 내 몸에 대해 잘 몰랐다. 왜
이렇게 허리가 아프지? 왜 엉덩이보다 허벅지 앞쪽이 더
발달했지? 원리를 이해하지 못한 채 열심히 동작만 흉내
냈다. 그러다 부상을 입으면 한동안 쉬고, 죄책감이 들면

다시 다른 운동을 시작하는 식이었다. 내 습관과 버릇이 고스란히 내 몸의 통증으로 돌아온다는 걸 알게 된 건 꽤 시간이 흐른 후였다.

유사 경력단절과 번아웃으로 인한 무기력증에 빠져 있을 때였다. 한참을 유령처럼 침잠해 지내던 어느 날 문득 PT를 받아야겠다는 생각이 들었다. 왜 PT였을까? 더 이상 방치하지 말라고 내 몸이 구조 신호를 보낸 건지도 모른다. 혼자서 해내기엔 역부족이니 이끌어줄 가이드가 필요하다고, 본능적으로 판단했던 것 같다. 지인의 소개로 운 좋게 인체와 근육, 동작의 연관성 등에 지식이 많고 그걸 수업에 적극 활용하는 트레이너를 만났다. "제가 지금까지 만난 남자 중에 트레이너님이 가장 큰 도움을 주셨어요!" 마지막 세션에서 내가 트레이너에게 한 말은 농담이 아니었다.

평생 함께였지만 잘 몰랐던 내 몸. 그동안 내가 몸을 어떻게 잘못 써왔는지 알아가고 각 부분의 관계와 역할을 인식하는 과정은 운동이면서 동시에 상담이었다. 물리치료, 한약, 카이로프랙틱, 통증 주사 등에 돈을 그렇게 써도 허리 통증이 여전한 건 내가 죽어라 허리만 일을 시켰기 때문이구나! 허벅지 앞쪽 장요근이 아픈 것도 이것과 연관이 있었어! 불쌍한 내 척추뼈들. 번아웃을 맞이한 건 멘탈만이 아니었던 것이다.

처방은 복부에 단단한 박스 만들기, 즉 코어 강화였다. 코어 근육이 없으면 앉아 있을 때 자세가 앞쪽으로 무너지고 그걸 지탱하는 일을 고스란히 허리가 할 수밖에 없다. 디스크가 장시간 앉아 일하는 대부분의 사람과 친구인 이유다. 심지어 코어가 없다면 디스크 수술을 해도 재발하거나 통증이 되돌아온다. 오직 배, 옆구리, 등에 단단하게 자리 잡은 근육만이 척추와 기립근의 독박 노동을 덜어주고 허리 통증을 줄여줄 수 있다.

PT를 받는다고 무조건 코어가 생기는 건 아니다. PT는 운동을 정확하게 하는 법, 목표 근육에만 힘을 주는 법을 배우는 과정이다. 이 동작은 이렇게 하는 거구나, 이 부위에 이런 느낌이 와야 제대로 움직이고 있는 거구나, 트레이너와 계속해서 소통하며 맞는 감각을 내 몸으로 터득해가는 시간이다. 그러므로 지식과 경험이 풍부한 트레이너를 만나는 것만큼 중요한 요소가 나 자신의 진지하고 적극적인 몰입이다. 돈을 쓰는 건 사실 제일 편하고 게으른 방법이다. 아무리 비싼 주사를 맞고 시술을 해도 내 몸을 움직이지 않고서는 근원적인 해결이 되지 않는다. 귀찮음, 번거로움, 내 몸의 하찮음과 더딤을 딛고 직접 땀 흘려야만 코어 근육을 얻을 수 있다. 끈기 있는 시간 투자는 필수다. 성질 급하고 방해 요소 많은 현대인에게 가장 큰 걸림돌이 이 부분이다.

어쩌랴. 달리 방법이 없다. '생각은 무슨 생각을 해! 그냥 하는 거지!'라는 김연아 선수의 마인드로 묵묵히 하다 보면 30초도 못 버티던 플랭크가 쉬워지는 순간이 온다. 의자에 꼿꼿하게 앉을 수 있는 시간도 늘어났음을 깨닫게 된다. 그러고 보니 마지막으로 요통을 느낀 게 언제더라? 미대 입시 이후 줄곧 나를 따라다니던 허리 통증이라는 이름의 돈 먹는 귀신에서 벗어났다는 사실은 신기하기만 했다. 예전 같으면 기립근에 피로가 쌓여 앓아누울 만도 한데 끄떡없네?

그렇게 PT 등록 기간이 끝난 후 난생처음 필라테스를 시작했더니 다른 수강생들은 버티지 못하는 매트 필라테스 동작도 어렵지 않게 소화할 수 있었다. 바레, TRX 같은 새로운 운동도 척척. 이 힘이 어디서 온 거겠어? 다 코어의 힘이지! 일단 갈비뼈를 꽉 닫고 복압을 유지하면 거의 모든 게 쉬워진다. 서핑을 배우든 유도를 배우든 코어가 있는 사람과 없는 사람은 운동력의 차이가 날 수밖에 없다.

커리어도 다르지 않다. 공적으로 인정받을 수 있는 코어 커리어를 가지려면 최소 5년 정도의 업계 경력이 쌓여야 한다. 경기 침체와 양극화 속에서 제대로 된 일자리 구하기도 쉽지 않은데 5년을 버텨야 한다니! 대학생, 취준생에겐 아득하게 느껴질 수도 있다. 나도 그랬다. "그래도 5년은 다녀야 한다"며 끈질기게 붙잡아준 입사 동기 B가 아니었다면 나는 기껏해야 3년 차에 광고회사를 그만뒀을 것이다. 딱히 대책도 전문성도 없이 말이다. 그땐 브런치 같은 플랫폼도 없었으니 '퇴사했습니다' 연재도 못 했겠지. 이 기회에 B에게 감사의 인사를 전한다. 덕분에 5년 차가 되길 기다려 사표를 낼 수 있었다. 그 후 2년 가까운 경력 공백에도 불구하고 다시 광고회사로 복귀 가능했던 건 그 5년의 커리어가 있었기 때문이다.

그러니까 나의 코어 커리어는 카피라이터다. 울프소셜클럽이라는 공간을 연 것은 전혀 다른 일처럼 보이지만 따지고 보면 카피라이터 업무를 통해 쌓은 분석력과 기획력을 활용한 일이었다. 어떤 콘셉트, 어떤 메시지를 주요 타깃에게 전달할 것인지, 매장 판매업이 몰락해가는 상황에서 어떤 전략으로 차별화할 것인지, 머릿속 아이디어를 어떻게 완성도 있게 현실화할 것인지 등의 핵심 업무는 카피라이터의 그것과 유사하다. 도구가 광고에서 공간으로 바뀌었을 뿐이다. 책을 내는 것도 마찬가지다. 여성 차별의 시대를 살아가는 데 유용한 통찰을 내가 설정한 타깃에게 전달하는 도구로서 책을 선택한 것이다. 책이 아닌 프레젠테이션이라는 형식을 빌면 강연이 된다.

다른 분야의 전문가들도 마찬가지다. 코어 커리어가 확실하면 유튜브나 팟캐스트를 제작하는 것도 그리 어렵지 않다. 가장 중요한 "뭘 하지?"란 고민이 크게 필요 없을 뿐 아니라 쌓아온 네트워크나 정보를 활용해 콘텐츠를 풍성하게 만들 수 있다. 내가 유튜브를 한다면 직장 생활, 내 회사, 내 가게, 프리랜서, 정치 등의 다양한 일 경험을 살려 상담을 하지 않을까? 유튜브가 아닌 새로운 미디어가 나오면? 또 거기에 맞게 변용하면 된다. 핵심은 디딤돌이자 지렛대가 되어줄 코어 커리어가 있느냐 하는 것이다.

하는 일의 가짓수가 많을수록 뭐 하나 제대로 하는

게 없는 사람이라는 말도 있다. 그럴 수도 있다. 하지만 여자가 가진 직책이 많다면? 정말 일 잘하는 사람일 확률이 높다. 경험상 자기 분야에서 일 잘하는 여자는 다른 일도 잘 해낸다. 이렇게 사람들이 투잡, 쓰리잡을 하는 이유는 본업으로 하기 힘든 자아실현을 부업으로 하기 때문이 아니다. 현실이 그렇기 때문이다. 다 알지 않는가? 소수의 대기업 정규직을 제외하면 한 가지 일로 가족 부양은커녕 1인 가구 생활비 벌기도 어렵다. 남성 임금의 고작 65%가량을 받는 여성은 더 어렵다. 양질의 정규직 일자리가 줄어드는 앞으로는 더, 더 어려워질 테다. 주식 투자, 스토어팜, 재능 마켓 등 입금 채널을 늘려 디스크 조각 모으듯 소득을 맞추는 이들은 이미 많다.

나도 광고 일만으로 임금 피크 때만큼 수입을 올렸다면? 굳이 바쁜데 울프소셜클럽을 만들지도, 책을 쓰지도 않았을 것이다. 한 가지 일로 적당한 소득을 얻고 나머지 시간은 충전하는 삶이야말로 내가 원하는 바다. 하지만 임금 피크가 끝난 몇 년 전, 느닷없이 '조각 모음'이 필요해졌다. 나에게 그 시기는 아직 회사에 버티고 있는 남자 입사 동기들보다 한발 먼저 찾아왔다. 그렇다 해도 코어 커리어가 단단했기 때문에, 거기서 쌓은 역량이 있었기 때문에 다른 분야로의 진출이 한결 수월했다. 막막함이 덜했다.

코로나로 인해 주 4일제 도입이 빨라지고 시간제, 탄력 근무제 등 노동 유연화의 가속화는 자명해 보인다. 비자발적 'n잡러'가 쏟아진다는 얘기다. 장래희망은 '파이어족'이지만 경제적 기반이 약한 여성들은 노년에도 일할 확률이 높다. 우리가 하게 될 인생의 마지막 일은 무엇일까? 거기까지 가는 동안 몇 가지 일을 거치게 될까? 이때 가지를 뻗어낼 코어 커리어가 있는 사람과 없는 사람은 에너지 소모나 소득 면에서 차이가 날 수밖에 없다. 코어 근육이 있을 때와 없을 때 운동력과 회복력의 차이가 엄청난 것처럼 말이다.

당신이 이미 커리어라고 할 만한 것을 갖고 있다면? '이걸 뭘로 배리에이션할까? 나의 기질에는 어떤 툴이 맞을까?' 지금 당장 고민을 시작해보기 바란다. 취업을 준비 중이라면 '이 분야, 이 직군이 나의 코어 커리어가 되어 미래에 여러 갈래로 가지치기가 가능한 일인가?'도 기준으로 고려하길 권한다. 몸에도 일에도 단단한 코어가 있다면 삶은 덜 휘청인다.

나는 내게
실망해야 해

레퍼런스를 많이 갖고 있다고 해서 좋은 결과가 나올까?
여기서 레퍼런스는 참고할 만한 관련성 있는 자료나 기존
성공 사례를 뜻한다. 내가 일해온 광고, 마케팅 업계는
특히 레퍼런스가 차지하는 비중이 크다. 다른 업계라고
그리 다를 것 같진 않다. 질문에 답부터 하면 '번트나
안타는 칠 수 있겠지만 홈런은 치기 어렵다'가 되겠다.
아무리 좋은, 싱크로율 높은 레퍼런스를 손에 쥐고 있어도
그에 근접하거나 뛰어넘는 결과물을 얻기 힘들다는
얘기다.

　이렇게 말하는 나도 아이디어를 내야 할 때 무조건
레퍼런스부터 찾곤 했다. 경쟁 PT처럼 중요한 프로젝트가

생기면 레퍼런스 수집은 더욱 중요해진다. 짧은 시간 안에 그럴듯한 해결책을 도출해야 하는 상황에서는 남들이 만든 성공 사례에서 힌트를 얻는 편이 효율적이기 때문이다. 제로베이스에서 시작하는 건 때로 프로도 막막하게 만든다. 그래서 아트 디렉터 선배 중에는 "레퍼런스가 곧 실력!"이라며 개인 데이터베이스 구축에 집착하는 이도 있었다. 모 온라인 편집숍 카피라이터는 평소 인상적인 소설 속 문장들을 수집해 나름의 기준으로 분류해두고 카피 쓸 때마다 꺼내 본다고 했다.

일을 하면서 누구나 레퍼런스를 얻는 나름의 방식을 터득하게 된다. 나에게도 광고와 관련해 즐겨 찾는 잡지, 웹사이트, 블로그 등이 있었다. 거기서 건진 괜찮은 자료는 '영감님을 찾습니다' 폴더에 입장했다. 분류를 게을리한 탓에 한번 들어가면 길을 잃고 헤매는 자료의 미로가 되었지만. 본격적으로 아이디어를 내기 전 레퍼런스를 수집하는 건 당연한 의식이었다. 일종의 몸풀기, 뻣뻣한 뇌를 스트레칭하는 전 단계라 할 수 있다.

문제는 여기에 지나치게 많은 시간을 쓴다는 사실이었다. 언제나 예상보다 초과였다. 정말 중요한 건 직접 아이디어를 내고 결과물을 만드는 단계다. 시간은

한정돼 있고 몸풀기 시간이 길다는 건 그만큼 이 '본
게임'에 쓸 시간이 줄어든다는 뜻이다. 프로젝트의 난도가
높을수록 어찌 된 일인지 레퍼런스를 수집하는 시간은
엿가락처럼 늘어졌다. 목표는 늘 '레퍼런스를 보면서
동시에 빅 아이디어를 떠올리자!'였지만 집 나간 영감이
그렇게 순순히 돌아올 리 없다. 자료들 속 우주 미아가
되어 끝없이 클릭과 스크롤과 저장을 반복하다 보면 눈은
충혈되고 머릿속은 멍해진다. '도대체 내가 뭘 찾고 있는
거지?'

　　그제야 정신을 다잡고 시간에 쫓겨 나의 아이디어,
나의 기획서를 써 내려가지만 뭔가 시시하다. 새로운
느낌도 없다. 조금 전까지 보던 완성도 높은 사례들과
비교가 되어 더욱 그렇다. 내 실력과 자질에 대한 좌절은
여기서 시작된다. 나의 독특한 취향, 까다로운 안목,
날카로운 비평 의식이 정작 나의 결과물로 연결되지
않다니. 믿고 싶지 않아. 이건 그냥 시간이 부족해서 그래!
속으로 외치며 시간을 더 쓴다 해서 더 좋은 게 나오지는
않으리란 예감을 애써 외면한다.

　　하지만 마냥 좌절만 하고 있을 순 없다. 마감의
신은 잔혹하니까. 개인 사정에 상관없이 열차 시간과

납품 일정은 지켜져야만 한다. 이쯤에서 주로 하게 되는 타협이 '내 아이디어가 별거 없으면 남들과 비슷하게라도 하자'다. 모두를 검색 전문가로 만든 인터넷 덕분에 레퍼런스의 국경은 일찌감치 사라졌다. 저작권 인식은 낮아지고 모방의 유혹은 커졌다. 이렇게 해서 세상은 어디서 본 것 같은, 고만고만한, 거기서 거기인 혹은 열화한 기획, 상품, 디자인, 마케팅, 콘텐츠, 공간으로 넘쳐나게 되었다.

이것이 레퍼런스의 함정이다. 아이러니하게도 완벽주의 경향이 있고 일을 잘 해내고 싶은 사람일수록 여기에 갇히기 쉽다. 실력 있는 광고인이 '선한' 의도와 달리 '카피캣' 광고를 만든 경우는 수도 없이 많다. 틀리고 싶지 않고 실패하고 싶지 않은 욕심 때문이다. 맘만 먹으면 끝도 없이 정보와 '맞는 말'을 수집할 수 있는 요즘 같은 시대엔 보통 사람들도 레퍼런스의 함정에서 자유롭지 않다. 한때 많은 공감을 받은 '댓글을 보지 않으면 댓글을 달지 못하는 세대'라는 말도 이와 연관이 있다.

특히 똑똑하고 눈치와 자기 검열이 발달한 여성들은 누구보다 레퍼런스의 수용과 활용에 능하다. 최대한

'정답'에 가까워지기 위해 많은 에너지를 쏟는다.
실수하거나 오답을 내놓은 사람이 여성일 경우 돌아오는
비난, 감수해야 할 위험이 훨씬 크기 때문에 계속해서
신중해지는 것이다. 하지만 몸풀기 단계에서의 지나친
신중함은 본 경기의 역동을 위축시킨다.

　"남초 조직에 가면 성차별적 농담을 아무렇지 않게
하고 남성 연대도 공고할 텐데 그 속에서 살아남을 수
있을까요?"

　"여초 조직이라도 팀장이나 결정권자들은 대개
남자인데 미래가 없지 않나요?"

　"여성 연대가 중요하다고 하는데 준거 집단이
여성이 아니거나 소가족 이기주의인 여성이 많잖아요.
현실적으로 어떻게 연대하죠?"

　북토크나 강연 시간에 많이 받는 질문 유형들이다.
날카롭다. 질문뿐 아니라 오가는 논의나 의제도 자세를
고쳐 앉게 만든다. 아직 사회생활 경험이 없는 분들이
어쩜 이렇게 잘 알지? 나도 불과 몇 년 전에야 깨달은
사실인데! 디지털 네이티브의 정보력과 학습력이란 이런
거구나를 실감한다.

　그런데 그렇게 여성들을 만나는 회차가 쌓일수록

감탄을 거듭하면서 동시에 인식되는 지점이 있었다. 매번 공간도, 사람도 달라지는데 오가는 이야기와 질문은 거의 비슷하다는 사실이다. 많은 이가 시중에 유통되는 여성주의 관련 검증된 레퍼런스, 모범 답안을 숙지하고 있는 것 같았다. 수도권과 비수도권의 정보 격차는 있었지만, 일단 페미니즘에 관심을 갖기 시작한 이들이 인터넷상에서 수집 가능한 정보는 비교적 평평하다는 느낌이었다.

손쉬운 수집에만 열을 올리다 보면 정작 레퍼런스가 놓치는 부분이 있다는 걸 놓치기 쉽다. 레퍼런스는 남의 작업이다. 내 것이 아니다. 인터넷에서 검색되는 정답과 '맞는 말'에는 '나'라는 강력한 변수가 빠져 있다. 정답을 아는 것과 나라는 필터를 통과시켜 나의 현실에 적용하는 것은 전혀 다르다. 나를 둘러싼 사람, 환경도 변수로 작용함은 물론이다.

광고 제작 시 숙련된 인력이 몇 단계의 사전 제작 미팅PPM을 거쳐도 촬영이나 후반 작업 단계에서 늘 사건 사고가 터진다. 열심히 준비하지만 뭔가를 놓쳤거나 일기예보의 배신 같은 천재지변이 이마를 짚게 만든다. 그렇다고 해서 준비만 계속할 순 없다. 송출 일정은 정해져 있고 어쨌거나 'GO'를 해야 하는 순간이 온다. 우리가 보는 결과물들, 막힘 없이 매끈하게 다듬어진 레퍼런스들 역시 이런 혼돈의 과정을 거쳐 나온 것임을 우리는 자주 간과한다.

자기 분야에서 일가를 이룬 프로들이 "일단 시작해라" "죽이 되든 밥이 되든 직접 해봐야 는다"며 실행을 강조하는 것도 이미 레퍼런스의 함정에 빠져봤기 때문이다. 그 속에서 헤맨 시간은 남의 것에 기대기보다 내 것의 완성도를 높이는 데 에너지를 투입해야 함을 내게도 가르쳐주었다. 그래야 뭐라도 내 손에 남는 게 있다고 말이다. 어느 정도 훈련이 되었다면 (이 전제도 몹시 중요하다!) 그다음은 나의 실천에 집중해야 한다.

이건 결단의 문제이기도 하다. '어느 시점에 레퍼런스 수집을 멈출 것인가?' 혹은 '어느 시점에 나의 실천/실력에 직면할 것인가?' 하는 결단이다. 이 결단의 발목을 잡는 건 언제나 '내가 나에게 실망하면 어쩌지?'라는 두려움이다. 스마트 시대의 스마트한 사람들을 주춤하게 만드는 방지턱이기도 하다. 가격, 효과, 경험, 학습…… 모든 것을 최적화하려는 욕망은 실패의 최소화와 맞닿아 있다.

손안에 정답을 쥔 채 언제 어디서든 성공 사례를

찾아볼 수 있는 환경에서 실패의 책임은 전적으로 나의
무능함에 있는 듯 여겨진다. 부족한 뭔가를 내놓을 바에는
레퍼런스대로 하고 말지. 해봤자 별로일 바에야 아예
하지 않는 게 나아. 스스로에게 실망하는 것보다는 그게
나아. 그렇게 스스로에게서 실패할 기회를 빼앗다 보면
실제 내 실력은 시간이 지나도 제자리걸음일 확률이 높다.
엔진을 예열하기 위해 어느 정도 시동을 켜두는 건 주행을
도와주지만 계속해서 공회전만 한다고 생각해보자. 길을
잘못 들거나 사고가 날 일은 없지만 새로운 곳에 도착할
일도 없게 된다.

당연히 나는 내게 실망하게 될 것이다. 예외 없이
거듭거듭. 하지만 실패도 실망도 몇 번 하다 보면
익숙해진다. 확실히 덜 부끄러워진다. 점차 맷집과 함께
내 나름의 방식이 생긴다.

강연, 토크, 콘퍼런스, 그 많은 '꿀팁'과 '원포인트
강좌'들……. 그렇게 엑기스만 취할수록 해야 할 것들과
하지 말아야 할 것들의 그물은 더 촘촘해진다. 그물을
던져 나의 것을 낚아 올리는 데보다 그물의 구멍을
점검하고 메꾸느라 더 많은 시간을 보내고 있지는
않은지? 차곡차곡 쌓아놓은 정답의 무게에 눌려 정작

꼼짝 안 하고 있지는 않은지? 머리로는 다 아는 듯싶어도 체화하지 않은 정보는 대개 흘러가버린다. 레퍼런스는 레퍼런스일 뿐, 회사 일이든 개인 작업이든 댓글 하나든 나라는 필터를 통과시켜 나의 주장이 담긴 결과물을 내는 것이 본 게임이다. 레퍼런스의 함정에 빠지지 말자.

사라짐의
유혹 앞에서

'한 달에 200만 원씩 쓴다면 지금 가진 돈으로 얼마나 살
수 있을까?'

경력단절 이후 더 이상 늘어나지 않는 통장 잔고를
볼 때마다 나는 몰래 계산기를 두드렸다. '한 달에 100만
원씩 쓴다면?' 생명 연장을 위해 월 지출액을 줄여
계산하면 어쩐지 기분은 더 나빠졌다. 꼼꼼하게 커튼을
치고 소파에 몸을 파묻으면 꼭 관 속에 누워 있는 것
같았다. 손을 뻗어 테이블 위에 놓아둔 아툴 가완디의
『어떻게 죽을 것인가』를 집어 들고 알맞게 제조한 공포에
아득하게 취하곤 했다.

사라짐의 유혹을 느끼는 횟수가 뜸해진 건 첫 책을

내고 나서다. 사석에서 과거 나의 이런 증발 충동에 대해 털어놓자 30대 후배가 깜짝 놀랐다. "앗, 저도 제가 가진 돈으로 얼마나 살 수 있을지 계산하는데!" 이번에는 다른 지역 북토크 자리에서 같은 얘기를 꺼냈다. 거기서도 유사한 경험을 가진 이를 여럿 만났다.

인간에게 그토록 복잡한 층위가 있다면서 왜 여자들은 품고 있는 공포나 상상하는 죽음조차 비슷한 걸까? 왜 소동도 가해도 없이 조용히 사라지고 싶어하는 걸까? 2020년 상반기 한국 여성의 자살이 2019년 같은 기간에 비해 7.1% 증가했다는 뉴스를 보았다. 그중 20대 여성의 자살률은 43%나 폭증했다. 재해는 공평하게 찾아오지만 여파는 여성에게 더 잔인하다. 실제로 2020년 2월에서 4월 사이 20대 여성 12만 명이 일자리를 잃었다. 코로나로 인한 여성 실업률은 2020년 9월 기준 남성의 3배 이상. 가장 타격이 큰 여행업, 외식업, 서비스업 종사자들이 주로 젊은 여성인 탓이다. 무급 휴직이 길어지는 것을 비관한 어느 20대 항공사 승무원이 생을 마감하기도 했다. 나 역시 외부 행사가 끊긴 데다 2020년 봄 이태원 클럽발 코로나 확산으로 카페에 찾아오는 발길과 함께 매출이 급감하는 어려움을 겪었다. 이렇게 일상이, 생계가 불안한데 서울 아파트 값은 이제 10억 원이 우습다. 인스타그램은 아랑곳없이 12월의 마지막 밤 성냥팔이 소녀가 들여다보던 창문처럼 환하게 타인의 행복을 밝히고 있다.

미국 시인이자 페미니즘 사상가인 에이드리언 리치는 『제인 에어』를 분석한 글[*]에서 가부장제 속 여성이 전통적으로 겪게 되는 유혹에 대해 말했다. 어머니도, 경제적인 힘도 없는 상황에서 어린 제인 에어는 첫 번째로 무기력하고 무해한 피해자성 그리고 분노를 폭발시켜 더 큰 벌을 불러오는 히스테리라는 두 가지 상반된 유혹과 마주한다. 그 후 자선학교에서 공개적 수모를 당했을 때 제인이 겪는 두 번째 유혹은 자기혐오와 자기희생이다. 자기혐오와 쌍을 이루는 여성의 자기희생에는 '사라짐' 즉 수동적 자살의 유혹도 포함된다. 마지막으로 가정교사가 된 제인은 집주인 로체스터를 만나 낭만적 사랑과 굴복의 유혹, 남자의 대의명분이나 경력을 자신의 것으로 삼으려는 유혹에 차례로 맞닥뜨린다. 리치는 낭만적 사랑과 굴복의 유혹이야말로 여성적 조건의 핵심 유혹이라고 봤다. 나 역시 동의한다. 그러나 경제 위기에 기후 위기, 전염병

위기까지 더해진 지금은 상황이 다르다. 내 삶을 전혀 통제할 수 없다는 우울감이 낭만에 대한 기대감을 압도하는 형세다.

그릴 수 없는 혹은 지나치게 극적으로 그려지는 미래에 대한 공포는 여성이 선제적 자기방어로서 자기희생을 선택하도록 유혹하고 있다. 우리는 어떻게 해야 이 사라짐의 유혹을 이겨낼 수 있을까? 무엇이 까마득한 공포로부터 나를 붙들어 맬 밧줄이 될 수 있을까?

죽음은 철저히 개인적인 경험이다. 그러나 권력도 경제력도 없는 젊은 여성들이 느끼는 죽음의 유혹만큼은 분명 집단적 경험이다. 이 뒤에는 제대로 된 일자리와 자립의 기회를 내어주지 않는 남성 중심적 사회 구조의 폭력이 숨어 있다. 나를 둘러싼 고통이 결코 내 개인의 못남과 잘못과 불운 때문이 아니라는 사실, 소리 없이 사라지고 싶은 유혹이 나만의 것이 아니며 많은 여성이 안고 있는 공통의 경험이라는 사실을 여성들이 알기를 바란다. 여자들을 계속 죽음으로 내모는 현실에 맞서 "한 명의 자매도 더 잃을 수 없다"고 부르짖던 외침을 기억한다면, 어떤 자살은 명백한 학살이라는 통찰을

공유한다면, 당신은 분명 같은 유혹에 흔들리는 당신 옆의
여성을 붙잡아주려 할 것이다. 당신 스스로가 단단한
밧줄이 될 수 있다는 걸 알게 될 것이다. 나의 투쟁이 곧
여성 보편의 투쟁임을 깨달은 내가 그랬듯이.

결정적 순간에
뒷걸음치지 않기를

팀장을 달기 훨씬 전부터 나는 이미 마음속에선
팀장이었다. 직급보다는 주도권에 대한 욕심이었다.
일단 내 의견, 아이디어에 대한 애착이 컸다. 광고회사는
다른 무엇보다도 아이디어 위주로 돌아가는 곳이다.
크리에이티브 자체가 광고의 원천기술이기 때문이다.

일했던 한 회사는 중요한 프로젝트가 생기면
사장부터 사원까지 각자 아이디어를 발표하곤 했다.
모두가 둘러앉아 인민재판하는 식이었다. "오늘은 시계
반대 방향으로 돌아볼까?" 사장이 운을 떼면 주로 일을
시키기만 하던 팀장도 피해 갈 수 없었다. 당시 새로
부임한 사장은 이런 인민재판식 회의를 통해 아이디어도

얻고 개개인의 업무력을 평가하고 싶었던 것 같다.

여기서 가장 쓸 만한, 승부수가 될 만한 아이디어가
선택되고 발전되어 광고주 앞에 선보여진다. 그 단계까지
통과하면 내 아이디어가 전국적으로 전파를 탈 수도 있다.
이 짜릿함, 공명심도 무시할 수 없지만 무엇보다 회의
시간에 동기, 선배, 팀장보다 잘하고 싶은 마음이 더 컸다.
들러리가 되고 싶지 않아. 내가 직접 해결하고 싶어!

전공과 전혀 다른 카피라이터라는 직종을 택한
뒤 초반엔 자신감이 없었다. 선배들은 이런 방향, 저런
방향으로 아이디어를 척척 가져오는데 나는 두어 개
내면 생각이 바닥났다. 그 두어 개도 어디서 본 것
같고 고리타분하게 느껴졌다. 사람들은 대학생이나
신입사원의 아이디어가 톡톡 튀고 기발할 거라고
생각하는데 막상 사회 경험이 적은 젊은 사고가 얼마나
틀에 박히고 식상한지 알면 깜짝 놀랄 것이다. 떠도는
밈, 유행어와 아이디어를 착각하는 경우가 허다하다.
나도 그런 얄팍한 '트렌드 헌터' 중 하나였다. 이후 일을
하면서, 소위 '선수'들이 실전에서 어떻게 실력 발휘를
하는지를 지켜보면서 비로소 신선한 관점은 훈련의
산물임을 배웠다. 아기 새처럼 그들의 방식을 흉내 내려

애썼고 통찰력까진 아니지만 조금씩 직무에 익숙해졌다. 나름의 기준이 생기면서부터 목소리에 힘이 더해졌다. 내 주장을 포장하고 파는 기술도 늘었다. 내가 봐도 괜찮은 아이디어가 있을 때면 회의가 기다려지기까지 했다.

'나 아니면 누가 해?' 이런 시건방진 자신감이 있었다. 동시에 타인의 탁월한 실력 앞에서는 매번 질투가 치솟아 열등감의 진흙탕을 굴러다니곤 했다. 난 왜 이 정도밖에 못 하지? 왜 이렇게 재능이 부족한 거야! 매일 밤 자학의 곡괭이질을 했지만 그럼에도 불구하고 그 아래에는 한 알의 믿음이 단단히 심겨 있었다. 내 싹수가 그렇게까지 형편없지는 않다는, 노력하면 더 발전할 수 있다는 믿음이다. 이런 자기 기대와 자만이 있었기에 자학도 컸던 것이다.

나는 이 과정을, 일을 통한 자아의 대면을 진지하게 받아들였다. 월급이 마약이라고 노래를 불렀어도 월급이 전부가 아닌 시간을 보냈다. 또 운이 좋게도, 주위에 유능하고 자기주장 강한 여자 선배들이 있었다. 광고계는 1980년대 민주화운동 이후 언론계와 더불어 똑똑한 여성 인력이 많이 진출한, 여성 비율이 높은 분야 중 하나였다. 크리에이티브의 척추라고 할 수 있는 카피라이터 직종에

특히 여성이 많았다. 차분하게, 때론 휘몰아치듯 자신의 주장을 펼치고 설득해내는 그들을 보며 빨리 시니어가 되고 싶었다. 그럼 내 영향력이 더 커질 테니까. 저들처럼 멋지게 주도할 수 있을 테니까.

일하는 여성이라면 대개 나와 같을 거라고 생각했다. 실력 있는 후배가 팀장이 되고 싶지 않다고 털어놨을 때 놀랐던 건 그래서였다. 아니 당신 아니면 누가 해? 하지만 그는 팀장이 어떤 위치고 어떤 역할을 해야 하는지 잘 알기 때문에 하고 싶지 않다고 했다. 그게 무슨 의미인지 알았다. 아무리 작은 팀이라도 리더가 된다는 건 팀원일 때와 전혀 다른 세계에 발을 딛는 일이다. 맡은 업무만 잘하면 월급도 받고 인정도 받을 수 있는 시절과는 작별이다. 일 잘하는 건 기본, 협력 부서와 클라이언트를 받아주는 강인한 비위, 팀원을 이끄는 조직력, 회사 내 판세를 읽는 눈, 실패나 사고에 대처하는 위기 관리 능력, 외부 인력과 협력 업체를 컨트롤하는 기술 등등 해야 할 일이 무한대로 확장된다는 뜻이다.

'이걸 다 어떻게 잘해?' 하나하나 나눠서 곱씹다 보면 그 무게감에 숨이 막힌다. 똑똑한 여자일수록 한발 앞서, 너무 잘 알아서 탈이다. 책임지는 자리에 오르는 건 확실히 두렵다. 냉정하게 실력을 평가받는 것에 대한 공포는 상당하다. 주도권을 준다고 해도 사양하거나 넘겨버리고 싶다. 이런 식의 자기 저항은 보편적이지만 여성의 경우 강도가 훨씬 세다. 여성 리더십 문화의 부재 때문이다. 이 차이는 공적 자아와 사적 자아가 부딪힐 때, 예컨대 일과 가정 중 후자를 택하는 결정에 은밀하게 영향을 미치기도 한다. 그러나 누구도 완벽하게 준비가 된 상태로 팀장이 되지 않는다. 진지한 책임이 요구되는 순간 뒷걸음질 치거나 포기하는 남성을 나는 아직까지 보지 못했다. 제발 사양 좀 했으면 하는 이들조차 기를 쓰고 나선다. 남자들은 리더 자리를 때가 되면 맡는 당연한 것으로, 수순처럼 받아들인다.

여자들이 결정적 지점에 이르렀을 때 뒷걸음치지 않기를 바란다. '내 몸이 이렇게 반응하는 건 학습된 가부장적 여성성 때문이야. 천성에 맞지 않거나 자격이 부족해서가 아니야.' 심호흡을 하고 자기 안의 두려움과 저항을 찬찬히 들여다보길 바란다. 자아가 성장해가는 과정이 순탄하기만 할 수는 없다. 부담에 부딪힐수록 파도를 타듯 다가오는 과제를 자연스럽게 받아들이는 연습이 필요하다.

2019년 기준 대기업 여성 직원이 중간급 관리자가 될 확률은 6.3%, 남성은 59.3%다. 여성 100명 중 고작 6명이 팀장이 된다는 뜻이다. 이 숫자 앞에서 우리에게 사양할 권리는 없다. 머지않아 기업 임원 여남 동수제가 시행되었을 때, 임원이 될 수 있는 여성 팀장이 부족한 상황을 만들어서는 안 된다.

'체념'이 이 시대의 키워드 중 하나가 되었다 해도 우리는 여전히 성장을 갈구한다. 회사의 규모와 시스템이라는 조건이 충족된다면 좋겠지만 그것이 반드시 개인의 성장을 담보하지는 않는다. 크고 폼 나는 프로젝트에 참가한다고 해서 내 실력이 절로 느는 것도 아니다. 그릇을 키우는 것은 결국 역할과 책임이다. 외부적 압력과 내부적 스트레스가 상호 작용할 때 사람의 가능성은 증폭된다. 내 아이디어에 집착하는 단계에서 벗어나 더 나은 결과물을 위해 수용하고 조율할 줄 아는 단계, 어떻게든 일이 되게 하는 능력을 키우는 데 관리자가 되는 것만큼 효과적인 건 없다.

관리자가 되기 전이라도 '내가 팀 리더라면 이럴 때 어떻게 할까'를 시뮬레이션해보는 것이 좋다. 의견을 적극적으로 개진하는 데까지 이어지면 주위 사람들에게

'저 사람은 리더감'이라는 인상을 심어줄 수 있다. 평소 큰 판을 볼 줄 아는 사람, 논의의 물꼬를 트는 사람, 문제 해결의 의지가 있는 사람에게 기회가 가는 법이다. 남자들의 편견과 경쟁에 대항해 여성이 평소에 '나대야 한다'는 건 이런 뜻이다. 불만이 많다거나 딴지를 거는 것과는 상관이 없다.

관리자로서의 경력은 무엇보다 독립해 내 회사를 운영할 때 도움이 된다. 프로세스 전반을 조망해본 경험이 있고 없고의 차이는 크다. 여러 입장에 대한 이해도와 경험이 있기 때문에 예상치 못한 변수 하나하나에 크게 흔들리지 않을 수 있다. 모든 것을 혼자 해결해야 하는 프리랜서로 일할 때도 마찬가지다. 현재의 노동 구조상 우리 모두는 언젠가는 1인 기업, 자영업자가 될 거란 걸 기억하자.

팀장이 되기 전엔 주저하고 자신 없어하다 막상 해보니 '생각보다 잘 맞는데?'라며 내 안의 리더와 만나는 이도 생각보다 많다. 해보기 전엔 모르는 법이다. 그러니 지레 부담 갖지 말고 다가오는 일, 거쳐야 할 성장의 과정으로 받아들이자. 일을 시작할 때부터 팀장, 임원 나아가 대표가 될 준비를 하자.

남성은 실패했다

"나이트에 대낮부터 가 있는다고?"

대학에 막 입학했을 무렵, 재수학원에서 알게 된 남자애로부터 신기한 이야기를 들었다. 대치동 출신인 그는 고등학교 선배들이 호텔 나이트에 데려가 술을 사준 얘기를 자세하게 해주었다. 주말 밤 소위 '물 좋은' 강남 호텔 나이트는 룸 잡기가 힘들 만큼 경쟁이 치열해서 대학생인 자신이 일찍부터 입장, 룸을 맡아놓는다는 거였다. 그러면 선배 형들이 퇴근 후에 와서 같이 놀다가 술값을 계산한다고 했다.

무엇보다 중요한 건 웨이터와의 관계다. 홀에서 놀고 있는 예쁜 여자들을 룸으로 데려오는 '부킹'이 웨이터의 역할이기 때문이다. 팁을 많이 주면 노련한 웨이터는 늦은 시간 만취한 여자들을 골라 방으로 밀어 넣고 밖에서 문을 잠근다고 했다. 그런 다음 젖은 티슈를 문에 난 작은 창에 붙이면? 룸 안에서 무슨 일이 일어나는지 아무도 모른다고 했다.

'룸 안에서 무슨 일이 일어나는데?' 굳이 묻지 않아도 짐작할 수 있었다. 갓 대학생이었던 그는 마치 미지의 모험담이라도 들려주듯 들떠 있었다. 1997년 IMF가 오기도 전의 일이다. 그 후 그와 그의 '아는 형님'들은 어디까지 갔을까? 거래를 성사시키기 위해, 일터에서 제 자리를 지키기 위해 어떤 일을 했을까? 그게 범죄라는 의식도 없이.

대학을 졸업하고 내가 취업한 곳은 광고대행사였다. 학생일 땐 그저 광고를 멋지게 만드는 회사라고 생각했는데 알고 보니 광고주라는 '갑'의 요구에 따라 움직이는 '을' 조직이었다. 특히나 매일 광고주를 상대해야 하는 기획 Account Executive 은 광고주 관리가 주요 업무였다. 접대가 판을 치던 시절이었다. 광고주들은 심심하면 만만한 광고대행사 직원들을 불러냈다.

기획팀에 속한 입사 동기들은 오늘은 이 광고주,

내일은 저 광고주, 밤마다 술자리 시중드느라 바빴다. 그냥 간단하게 먹기로 한 저녁은 2차, 3차, 룸살롱으로 이어졌다. 우리 회사가 일을 주고 광고비를 지불하지 않느냐! 그러니 룸살롱에 데려가달라! 대놓고 보채는 이들도 적지 않다고 했다. 그런 요구들을 적당히 어르고 달래며 형님 동생 사이를 유지하는 남자 직원에겐 일 잘한다, 사회성 좋다는 평가가 돌아갔다.

2000년 겨울 모 여자 가수의 비디오가 유출되었을 때는 화질 좋은 해당 동영상을 광고주에게 갖다 바치는 것도 관리 중 하나였다. 거래처 직원에게 섹스 비디오를 구해 오라던 그들이 우리 시대 성실한 남편, 자상한 아빠와 다른 사람들이었을까? 그들이 이후 웹하드에 차고 넘치는 불법 촬영물이라고 마다했을까?

광고대행사가 을이라는 건 하청을 주는 병이 존재한다는 뜻이기도 하다. 내가 팀장이 되었을 무렵 한국에는 프로덕션 컴퍼니가 우후죽순 생겨났다. 제작Production에 필요한 모든 실무를 대신해주는 회사, 외주 제작사라고 보면 된다. 광고회사 제작팀장과 관계만 좋으면 일을 쉽게 받을 수 있기 때문에 프로덕션 컴퍼니들도 영업이 치열했다. 여기저기 소문이 들려왔다.

어느 순간부터 남자 팀장들은 골프를 치기 시작했다.
모 프로듀서는 얼마나 많이 갔으면 집보다 룸살롱에서
자는 게 더 편하다고 했다. 형님 동생들의 잔치에서
당연히 여자 팀장은 소외되었다. '가능성 높은' 곳에
집중하자는 것도 있었겠지만 남자들은 여자를 끼고
접대할 줄만 알았지 여자를 접대하는 법은 몰랐다. 광고
시장이 침체되고 일감이 줄어들자 몇몇 프로덕션 컴퍼니
대표들은 스태프들에게 줄 비용까지 나 몰라라 하고
잠적해버렸다.

　　평소엔 매너 좋고 센스 있고 유머러스한 나의 입사
동기, 옆자리 동료, 그 많은 업계 남자들. 접대 좀 하고
받았다고 해서 그들이 자신을 괴물이라고 생각했을까?
남자가 사회생활 하다 보면 그럴 수 있다고, 오히려
'이렇게 힘들게 처자식을 먹여 살리는 나'라는 자기연민에
빠져 있지 않았을까?

　　2016년에는 광고회사 하나가 통째로 사라졌다. 모
기업의 비리를 수사하던 검찰 수사망에 '광고비 상납'
정황이 포착된 것이다. 광고회사 대표, 간부들이 광고를
수주하는 대가로 기업에 뒷돈과 수천만 원 대의 접대를
제공한 사실이 밝혀졌다. 10억이 넘는 비자금을 조성,

유용한 평범하고 사람 좋은 나의 선배 몇몇은 감옥에 갔다. 룸살롱, 골프장, 사우나에서 맺은 의리 공동체의 실체는 범죄 공동체로 드러났다. 해당 광고회사는 폐업 처리되고 아래 직원들은 뿔뿔이 흩어졌다. 그제야 절감했다. 남성 카르텔은 암청색 '알탕 영화'에 자주 등장하는, 나와는 상관없는 범죄 조직과 검경찰 내부에만 있는 게 아니었다. 바로 내 곁에도 존재했다. 처음부터 쭉 공기처럼.

현재 한국은 아는 형님들과 형님을 보고 배운 동생들의 성폭력으로 인한 내전 상태다. "모든 남자가 그런 것은 아니다!" 이제 반복하기도 민망한 문장이다. 정답은 클럽 버닝썬 이문호 대표가 얼결에 맞춰버렸다. "승리 카톡이 죄라면 한국 남자 다 죄인." 맞다. 직접 성범죄를 저지르지 않고 성 접대를 알선하지 않고 불법 영상을 촬영하지 않았다고 해서 죄가 없는 게 아니다. "즐길 수 있을 때 실컷 즐겨요"라며 방조 또는 독려한 죄, 불법 동영상을 적극적으로 검색하고 확산시킨 죄, 저들만이 쾌락을 독점했다고 부러워한 죄, 비난의 화살조차 기득권 남성에게 돌리지 못하고 돈 많은 남자만 쫓으니 당해도 싸다고 피해 여성들을 탓한 죄, 남성의

성욕은 제어할 수 없으며 여성의 육체는 전리품이라고
생각한 죄, 친구와 지인들의 성희롱 발언을 듣고도
일상에서 카톡방에서 침묵한 죄, 이것이 죄인 줄도 모르는
죄. 여기서 자유로운 한국 남자가 얼마나 될 것 같은가?

　　이제 남성 카르텔은 초등학생, 중학생 단체
카톡방에서부터 시작된다. 남자아이들은 이미
또래문화가 된 불법 촬영물과 포르노를 공유하며
소속감과 함께 뒤틀린 성 의식과 여성혐오를 동시에
키워간다. 승리의 말처럼 "친구들끼리의 자랑질", 영웅
심리 속에서 죄의식은 휘발되고 여성은 도구로 전락한다.
가부장적, 남성 우월적 환경은 한국 남성에게 여성을
동료 시민으로 인정하는 법을 가르친 적이 없다. 법 제도,
공권력조차 자신들 편임을 남자들은 어려서부터 잘 알고
있다. 이렇게 자란 남자들이 연예인이 되고 PD가 되고
검경찰이 되고 광고인이 되고 교사가 되고 문인이 된 것이
한국의 오늘이다.

　　남성 카르텔은 모든 업계에 존재한다. 평소엔 각종
동문회, 동호회 등 무해한 친목 모임처럼 활동하지만
핵심은 이권의 독점이다. 그를 위한 거래와 청탁이 그냥
이루어질 리 없다. 때론 대가성으로 때론 끈끈한 동지애를

위해 여성의 육체는 물건처럼 거래된다. '강간문화'는 출신도 성향도 각기 다른 남성들을 하나로 모아주는 윤활유다. 기득권층이 아니라고 다를까? 나눠 먹을 이권이 없는 남성들은 여성의 육체를 데이터화하고 유통, 소비함으로써 여성의 육체 자체를 이권으로 삼는다. 성형외과, 숙박업소까지 연루된 한국의 웹하드 카르텔은 다른 나라에서는 결코 비슷한 예를 찾기 힘들 만큼 방대하고 조직적이었다. 불법 촬영물을 향한 한국 남성의 집착이야말로 'IT 코리아'의 추동력임을 모르는 이는 이제 없다.

　　여기서 한국 여성은 온오프라인을 넘나들며 성적으로 착취당함과 동시에 현실의 경제 활동, 권력 투쟁에서 철저히 배제된다. 성적 대상화에 젖어 있는 남성들의 의식 속에 여성은 같은 동료 시민이 아닌, 언제나 '그런' 취급을 받아도 되는 2등 시민이다. 여성 고용 차별, 임금 차별, 승진 차별이 이슈가 되어도 남성 중심적 기업들이 개선의 움직임을 보이지 않는 이유, 주 고객층이 여성임에도 회사의 높은 자리는 죄다 남자들 차지인 이유가 달리 있는 게 아니다.

　　'견제받지 않는 권력은 부패한다'는 말을 이 유구한

남성 권력에 똑같이 적용할 수 있다. 너무나 오랫동안 남성의 모든 욕망은 지나치게 권장되고 빈번하게 용서받아왔다. 그 결과 아주 보통의 공범들이 태연하게 저지른 부패의 찌꺼기가 마구 터져 나오고 있다. 이제 인정할 때가 되었다. 남성 카르텔은 실패했다. 이 부패의 고리를 당사자들이 끊어낼 수 있을까. 여성이 남성의 견제 세력이 되어야 한다. 그럴 수 있도록 권력을 나눠야 한다. 힘이 한쪽에 몰려 있는 상황에서는 아무리 파이의 '레시피'를 바꾸고 싶어도 불가능하다. 근본적인 힘의 균형이 필요하다.

여성에겐
자기만의 당이 필요하다

2020년 3월 8일, 여성의당^{Women's Party}이 창당되었다. 3월 8일은 세계 여성의 날이기도 하다. 서프러제트의 투쟁을 기억하고자 여성에게 참정권을 상징하는 장미를 선물하는 이날, 여성의당이 내건 구호는 "장미가 아닌 의석을 달라"였다.

서구와 달리 한국은 해방 후 헌법을 제정할 때부터 평등선거, 보통선거의 원칙이 명시되었고 그 결과 1948년 첫 선거부터 여성도 동등하게 투표할 수 있었다. 서구의 여성들처럼 국왕의 경주마 앞에 뛰어들고 상점에 불을 지를 필요는 없었지만, 수월하게 투표권을 얻었다고 해서 그동안 한국 여성의 정치 참여가 수월했던 건 아니다.

첫 선거 이후 70여 년이 지난 지금도 여성 국회의원 비율은 19%에 불과하다. 이 수치는 세계 국내총생산 순위 10위권의 경제 대국 한국이 여성의 정치 대표성에 있어서는 37개 OECD 회원국 평균 28.8%(2017년 기준)에 크게 밑도는 최하위 그룹에 속함을 말해준다. 이런 상황을 여성 스스로의 힘으로 바꾸기 위해 만든 것이 바로 여성의당이다.

여성 정당이 만들어진 건 이번이 처음이 아니다. 놀랍게도 1945년 9월 18일 창당한 '대한여자국민당'이 있었다. 그러나 민주 사회 건설과 여성 생활 향상이라는 강령과 달리 당시 이승만 지지 세력으로 활동했던 대한여자국민당을 여성주의 정당이라고 보긴 어렵다.

그런 점에서 여성의당은 분명 여성주의 정당이다. 보다 정확히 말하면 한국 최초의 여성 의제 정당이다. 더 놀라운 점이 있다. 여성의당은 10대, 20대 여성이 전체 1만 당원의 80%를 차지한다. 또한 2020년 2월 15일 발기인 대회부터 3월 8일 창당대회까지 채 한 달도 걸리지 않은, 창당 빨리하기 기록이 있다면 기네스북에 오를 만한 정당이다. 한국을 넘어 세계 민주주의의 역사를 새롭게 써나가고 있는 셈이다.

"여성의당은 어떻게 만들어지게 됐나요?" 창당 소식이 알려지고 여기저기 인터뷰를 할 때마다 가장 먼저 받았던 질문 중 하나다. 시대적 맥락 속에서 보다 정확한 이해를 돕기 위해 이 질문은 수정될 필요가 있다. "여성의당은 왜 지금 만들어지게 됐나요?" 핵심은 '왜, 지금'이냐다.

1987년 민주화 이후 여성의 정치 대표성을 위한 시도는 계속 있었다. 지방의회 여성 후보 추천 전략, 비례대표 후보 50% 여성 할당제, 지역구 선출직 여성 의무 공천제 등 여러 여성 단체와 활동가가 정치에 참여하는 여성의 수를 늘리기 위해 끊임없이 노력해왔다. 하지만 진보와 보수로 나뉜 양당의 대립 구도 속에서 국회는 여전히 남성의 얼굴을 하고 있다.

문재인 대통령은 취임 전부터 페미니스트를 자처했건만 2020년 4월 총선에서 지역구 선거에 등록한 후보 1118명 중 여성 후보는 19%에 불과했다. 과연 이 중 몇 명의 여성이 국회에 진출했을까? 이런 상황에서는 당 대표가 여자라 해서 달라질 것이 없다. 남성 중심 정당끼리의 힘겨루기가 우선일 때, 그 당에 속한 소수의 여성 의원이 여성 의제를 밀어붙이기란 불가능에 가깝다.

수많은 여성 대상 폭력 관련 법안들이 이미 발의되었지만 국회에서 잠만 자다 사라지는 것이 현실이다.

"여성 정당을 갖는 게 꿈이었습니다."

내가 만난 정치 경력 30년 정치인의 말이다. 저 한 문장에 얼마나 많은 여성의 시도와 한계와 좌절이 담겨 있을지 가늠해보면 아득하다. 동시에 벅차오른다. 선배들의 오래된 꿈을 10대, 20대 여성들이 불과 37일 만에 현실로 만들어버렸으니 말이다. 정당을 만들기 위해서는 전국 5개 시도당에서 각각 1000명 이상의 당원을 모집해야 한다. 온라인 청원 1000명을 받는 것도 쉽지 않은데 최소 5000명을 정당에 가입시켜야 한다니. 그것도 전국에서!

이번 총선을 겨냥하고 한발 먼저 창당한 '기본소득당'의 경우 시도당 모집에 걸린 기간이 3개월이었다. 소수정당치고 매우 빠른 시일 안에 모집이 이루어진 성공 사례. 여성의당은 2020년 2월 26일 새벽 6000명을 넘어설 때까지 시도당원 모집에 딱 열흘이 걸렸다. 이 모든 과정은 대부분 소셜미디어를 통해 이루어졌고 실시간 공유되었다. 30대, 40대, 50대가 중심이 된 중앙당 사무국에서 창당에 필요한 조직 운영

실무와 서류 작업 등을 맡을 동안 10대, 20대가 그들의 주활동 무대인 온라인에서 밤낮없이 움직였다.

열흘 동안 각 시도당 준비위원회에서 당원 가입을 독려하기 위해 만든 카드뉴스와 웹툰은 광고인인 내가 봐도 무릎을 칠 만했고 업계 전문가들이 자진 결합해 번개처럼 뽑아내는 동영상 콘텐츠는 거대 정당 못지않았다. 서울, 경기, 부산, 경남, 인천 5개 시도의 물리적 거리를 뛰어넘어 이렇게 단기간에 전국적 당원 모집이 가능했던 원동력은 뭘까? 서로에 대해 알지 못하는 여성들이 세대, 계급, 지역을 뛰어넘어 이토록 간절하게 여성 정당을 원했던 이유는 뭘까?

"시위할 만큼 했다! 청원할 만큼 했다!" 당원 모집 초기에 썼던 카피다. 이 짧은 문구에 동시대 한국 여성이 느끼는 감회는 남다를 수밖에 없다. 강남역 10번 출구 시위, 미투#MeToo, 나도 고발한다 운동, 불법 촬영 편파 수사를 외치며 32만 명이 참가한 '불편한 용기' 시위, '버닝썬 게이트 규탄 시위' 및 낙태죄 위헌 판결을 이끌어낸 '비웨이브' 시위, 텔레그램 n번방 가해자 신상 공개 및 엄벌 청원 등 2016년부터 점점 더 거세지고 있는 한국 페미니즘의 새로운 물결, 10대~30대 여성들의 각성과

진화의 흐름이 저 간결한 외침 속에 고스란히 담겨 있기 때문이다.

"한 명의 여성도 더 잃을 수 없다" 외치며 누군가는 일상을 포기하면서까지 매달렸던 그 많은 시위와 '총공'과 청원에도 불구하고 가부장적 공권력과 법 제도가 꿈쩍도 하지 않을 때, 남은 선택지는 하나밖에 없다. 포기? 체념? 아니, 요구하는 행위에서 한 걸음 더 나아가는 것. 임기 내내 여성 의제에 집중해 목소리를 낼 여성의당을 만들어 국회로 가는 것이다.

한국 정치사에서 여성은 언제나 뒷전이다. 그것이 생존의 문제라 할지라도 여성은 여전히 후순위였다. 이 상황을 바꿀 해답은 그저 여성 의원 수를 늘리는 것이 아닌, 여성의 여성에 의한 여성을 위한 '정당'이란 사실. 여성 중심 정당이야말로 어떤 시위보다 위협적이고 청원보다 강력하다는 핵심을 한국 여성들은 압축적 경험을 통해 알아버렸다. 바로 이것이 열흘 만에 6000명 당원 모집이라는 기적이 가능했던 이유다.

여성을 위한 정당이라니 아직도 여자 남자를 따지느냐며, 시대착오적이라는 이들도 있다. 총학생회 투표 한 번 하지 않았던 대학생 시절 나에게 누군가

"당신은 20년 후 여성의당 초대 공동대표가 될 것이다"라 예언했다면 나 역시 코웃음 쳤을 것이다. 자동차가 하늘을 날아다닐 2020년에 무슨 여성의당?

2000년의 내가, 우리가 상상했던 미래는 분명 지금과 다른 모습이었다. 4차 산업 혁명이라는 그럴듯한 이름의 기술이 인간을 우주로 보내는 대신 각종 디지털 성범죄를 양산하고, 전 세계 수백만 남성이 여성의 몸을 재화 삼아 게임하듯 성 착취를 즐기는 날이 올 줄은 꿈에도 몰랐다. 2021년에 여자가 여자라는 이유로 면접에서 탈락하고 간신히 입사해도 남자 동기보다 30% 이상 낮은 연봉을 받을 거라고 누가 생각이나 했겠는가? 20년 후에도 여전히 출산과 육아는 여성의 몫이며 남성과의 결합 없이 혼자 잘 살겠다는 선언이 '신자유주의, 권력지향주의, 이기주의'라 돌 맞을 거란 말을 믿느니 차라리 도를 믿었을 것이다.

일부 남성 정치인들은 "성차별이 어느 정도 해소됐으니 여성가족부가 존재할 이유가 없다"고 주장한다. 과연 그럴까? 이에 대해 정영애 여성가족부 장관은 이렇게 말한다. "성 평등 수준이 높은 사회에서 오히려 (여가부와 같은) 성 평등 부처가 더 필요하다. 그

수준이 올라갈수록 성 평등 민감성이 높아지고 필요한 대책이나 요구들이 많아지"기 때문이다.

여성 차별과 여성혐오 범죄 뉴스가 매일같이 보도되는 가운데 여성 대상 가정폭력 통계조차 없는 국가 현실에 비례해 한국 여성의 성 평등 의식은 어느 나라보다 빠르게 높아지고 있다. 문제를 의식하고 개선을 요구하는 사람의 수가 그만큼 많아진다는 뜻이다. 이런 상황은 여성을 위한 정부 기관의 필요성을 어느 때보다 강하게 역설하고 있다. 여성의당도 마찬가지다. 디지털 성범죄 피해자와 가해자 연령이 점점 낮아지는 것과 여성의당 10대 당원 수가 적지 않은 것은 동전의 앞뒷면처럼 연결되어 있다. 다른 정당에 비해 상대적으로 낮은 여성의당 당원 연령대는 자신의 안전과 경제권이 위협받고 있음을 일찍부터 자각한 여성이 많음을 의미한다. 이런 점에서 여성의당은 '시대착오적'이 아니라 그 어느 정당보다 '시대 반영적'이다.

2020년 4월 15일, 창당 후 한 달여 만에 치러진 제21대 국회의원 선거에서 이는 분명하게 입증되었다. 역대 최다인 35개 정당이 참가한 비례대표 투표에서 여성의당은 당당히 득표 순위 10위를 이루어냈다. 거대 양당의 꼼수 위성정당들이 연동형 비례대표제의 도입 취지를 무색하게 한 상황 속에서 거둔 놀라운 성과다. 선거 자금이 없어 거리에 현수막 하나 걸지 못하고 선거 사무원도 몇 명 되지 않는 초신생 정당이 전국의 20만8697명에게 선택받았다.

비싼 TV 광고, 요란한 유세 트럭 없이도 여성의당의 필요성을 절박하게 느끼고 소신 있게 지지한 사람들이 이만큼이다. 비록 국회 입성의 목표를 이루지는 못했지만 20만이라는 숫자는 기존의 남성 중심 정치 패러다임에 균열을 내는 시작으로 충분했다. 2022년 지방선거와 2024년 총선에서 이 숫자가 얼마나 커질지, 여성의당이 어떤 변화를 가져올지 기대된다.

버지니아 울프는 여성이 종속되지 않는 삶을 위해, 자신을 표현하고 스스로의 가능성을 상상하기 위해 자기만의 방이 필요하다고 했다. 그로부터 수십 년이 지난 지금 여성들은 세대주로서, 독립된 주체로서 자기만의 집을 원하고 있다. 내 이름으로 된 터가 주는 안정감과 지속 가능성은 굳이 설명하지 않아도 될 것이다. 그래서 우리는 여성의당을 지었다.

더 이상 길거리에서 힘든 싸움을 이어가며, 남성들의

당에 세 들어 살며, 익명 뒤에 숨은 채 외치지 않아도 된다. 때론 갈등하고 논쟁하겠지만 법의 인정과 보호를 받는 안전가옥 안에 있는 한 세상은 우리를, 우리의 목소리를 끝내 모른 척하지 못할 것이다. 여성에겐 자기만의 당이 필요하다.

데이터 밖 여자들

갓 결혼한 여성과 남성을 신혼부부라고 한다. 언제까지가
신혼인지는 사람마다 다를 것이다. 3년? 5년? 혹은
'상대가 외도하기 전까지'라고 하는 이들도 있다.
신혼부부의 나이도 정해져 있지 않다고 생각했다. 스물에
하든 여든에 하든 갓 결혼하면 무조건 신혼 아니야?

　　그런데 국가는 달리 조건을 두고 있었던 모양이다.
2020년 6월 1일 국토교통부는 2019년 주거실태조사
결과를 발표했다. 2006년부터 실시되고 있는
주거실태조사는 정부가 주택 공급 확대 정책 등을
수립하는 데 중요한 기초 자료가 된다. 문제는 국토부가
신혼부부를 정의한 노골적인 기준이다. "신혼부부 가구란

혼인한 지 7년 이하이면서 여성 배우자의 연령이 만49세 이하인 가구를 말함."

왜 굳이 여성의 나이에만 제한이 있는지 짐작이 갈 것이다. 여성의 완경 나이가 평균 50세다. 이에 온라인에서 비난이 쏟아지자 국토부는 "차별할 의도 없이 '가임기 여성'을 대상으로 신혼부부 가구를 정한 것"이라고 밝혔다. 조사 자체가 여성이 '출산 도구'라는 관점에서 설계되어 있음을 재확인해준 셈이다.

이 조사 자료를 바탕으로 정부의 주거 지원 혜택은 주로 '예비 정상가족'인 신혼부부에게 돌아간다. '두껍아 두껍아 헌 집 줄게 새 집 다오.' 어릴 때 모래 장난을 하며 부르던 구전 동요가 떠오른다. 저출생 문제가 심각해질수록 한국은 '신혼부부=주거 혜택' 공식을 강화하고 '결혼해 결혼해 네 집 줄게 아이 다오' 노래를 부르고 있다. 대놓고 여성의 출산 기능과 아파트를 거래하는 분위기다.

국가 기관이 여성의 몸을 재생산 용도로 치환한 사례는 이번만이 아니다. 2016년 행정자치부(현 행정안전부)가 만든 '대한민국 출산 지도'가 대표적이다. 당시 행자부는 각 시도별 가임기 여성 인구를 파악해 떡

줄 사람은 생각도 않는데 여성 인구 분포로 출산 '지도'를 그렸다. 2019년 강원도는 신혼부부 주거 지원 사업에서 여성 나이만 44세 이하로 제한하기도 했다. 이에 비하면 이번 국토부의 만 49세는 너그럽다고 해야 하는가?

　　범죄심리학자 이수정 교수는 형사사건으로 처리되지 않는 가정 내 폭력, 성폭력 피해 여성의 수가 얼마에 이를지 알 수 없다고 말한다. 제대로 조사된 적조차 없기 때문이다. 국가는 여성이 가정 안에서 폭력에 노출되느냐 아니냐에는 관심이 없다. 오직 애를 낳을 수 있느냐 아니냐에 온통 신경이 쏠려 있다. 무엇을 헤드라인으로 뉴스를 내보내는지보다 무엇을 보도하지 않는지가 해당 매체의 기조를 더 잘 말해주듯, 국가 정책도 마찬가지다. 지금껏 각 정부 부처는 여성의 출산 가능성을 수치화하는 데 집착하느라 여성의 안전, 건강, 무급 노동, 욕망, 친밀한 관계의 남성에 의한 폭력 등에 대해서는 묻지 않았다. 여성을 도구화하는 수치가 존재할 뿐 여성에게 필요한 데이터는 절대적으로 부족하다.

　　영국의 여성운동가 캐럴라인 크리아도 페레스의 저서 『보이지 않는 여자들』은 이 '데이터 공백'을 이야기한다. 현대 사회의 근간을 짓는 데 활용된 모든 데이터 통계는 남성을 기준으로 산출되기 때문에 도시 계획, 의료, 건축, 자동차, 공중화장실, 스마트폰 등 거의 모든 분야의 설계와 편의에서 여성은 고려되지 않고 있음을 저자는 방대한 팩트 체크를 통해 증명해낸다.

남성이 설계하고 남성이 표준인 세상에서 우리가 여성으로 살아오며 온몸으로 느낀 '공백'의 감각은 옳았다. 국토부 장관의 시선으로 보면, 만 34세 이상에 결혼하지 않은 나 같은 여성은 보이지 않는 존재다. 나는 현재 정부의 주거 지원 대상도, 저금리 주택 대출 가능자도 아니다. 그렇다고 정책의 혜택을 받기 위해 결혼을 할 수는 없다. 이런 사람의 수가 적을까?

서울시 재난 긴급생활비를 신청한 223만 가구 중 1인 가구는 43.1%에 달했다. 2인 가구 26.8%를 훌쩍 뛰어넘는 숫자다. 시민들의 삶은 이미 바뀌었다. 정부는 하루라도 빨리 '정상가족'이라는 희망 사항을 버리고 현실의 변화를 제도와 정책으로 뒷받침해야 한다. 개별 시민을 기본 단위로 사회가 재편되고 혈연 중심 가족주의가 해체될 때, 여성을 출산 도구로 대하는 공고한 인식도 해체될 것이다. 데이터 밖에서 보이지 않던 여성 1인 가구의 권리와 존엄 또한 보이게 될 것이다.

동질혼도
미친 짓이다

"누구 좋으라고 이혼해줘?"

기혼들이 쓰는 밈 중 하나다. 주로 결혼을 하고 인고의 세월 끝에 중산층 정도의 자산을 형성한 전업주부들이 사용하던 표현이다. 고전적인 느낌마저 물씬 풍기는 이 문장을 M의 입으로 들을 줄은 몰랐다. 어딜 가나 눈에 띄는 외모에 명문대를 졸업한 M은 모두의 예상을 깨고 '하향결혼'한 케이스다. M이 집안과 외모는 괜찮지만 소위 '학벌이 떨어지는' 남자와 결혼한다고 했을 때 나는 열렬히 반대했었다. 쟁쟁한 남자들 다 놔두고 왜 하필?(지금은 차별적 사고임을 안다.)

"나보다 뭔가 확실히 부족한 게 있어야 날

존중하지. 그 남자도 그 남자 집안도." 다양한 맞선 경험 덕분이었을까? 결혼의 역학 관계에 대해 M은 나름의 통찰을 발휘했다. 그가 선택한 것은 여성의 부족한 재력과 남성의 부족한 학벌을 등가 교환하는 방식의 '동질혼Homogamy'이었다. '하향결혼'이라는 나의 짐작은 틀린 셈이다.

한국 여성의 대학 진학률은 1991년 32.6%에서 X세대와 더불어 치솟기 시작, 2005년엔 80.8%(2년제 포함)까지 올라갔다. 결론부터 말하면 버락 오바마 미국 전 대통령이 재임 시절 몇 번이고 부러움을 표했던 한국의 교육열과 대졸자 수 세계 1위(2008년 기준 25~34세 인구 중 대졸 학력자 비율)는 그러나, 한국 여성 전반의 인권 향상으로 이어지지 못했다.(『82년생 김지영』을 떠올려보자.)

한국 여성들은 급격한 핵가족화와 남들 하는 건 다 해야 한다는 특유의 국민성에 힘입어 어쩌다 대학생이 되었다. 여자 대학생들 사이에 자본주의적 성공에 대한 열망이 있었는지 어땠는지는 몰라도, 대부분의 여성 개인에게 '사회 진출을 통해 성별 노동 분업을 타파해야 한다' 같은 의식은 없었을 것이다. 당사자들은 물론 한국

사회 역시, 쏟아지는 고학력 여성 인력을 어떤 식으로
활용해야 할지 전혀 준비가 되지 않은 상태였다.

"10분만 더 공부하면 남편의 직업이 바뀐다." 한때
여고에서 유행했던 비슷한 급훈을 차용한 학용품 문구다.
2015년 시민단체들은 이 문구를 적은 학용품의 판매 중지
요청을 하기도 했는데, 인권 침해를 이유로 들었지만 실은
사실적시 명예훼손에 가까웠다고 본다. 이 시기 동질혼의
비율은 60.2%(1990년)에서 78.5%(2015년)로 여성의
대학 진학률과 함께 급증했다. 한국 여성에게 대학은
비슷한 학벌 혹은 여성의 그것과 맞바꿀 수 있는 자원을
가진 남성과의 동질혼으로 가는 과정이었음을 보여준다.

그렇다고 동질혼이 잘못됐나? 아니, 당연한 욕구다.
교육 수준이 높은 여성들은 어느 한쪽이 기울지 않는
동질혼을 통해 남성 배우자와 동등하게 일과 가정, 두
가지를 다 성취할 수 있을 거라는 희망을 갖는다. 이
희망은 정당하다. 나도 남편만큼 공부했으니까. 나는 그럴
만하니까.

안타깝게도 한국 여성의 고통은 많은 경우, 우리가
앞으로 나아가는 속도만큼 남성과 남성 중심 사회가
따라오지 않는다는 데서 비롯된다. 똑똑하고 긍정적인

여자들은 이 나라의 공기와도 같은 가부장성과 여성 차별을 얕보고 말았다. 대학 진학률과 동질혼 비율이 무색하리만치 2020년 상장기업 전체 직원 중 여성 비율은 23.9%로 4명 중 1명꼴이다.

여성이 아무리 명문대를 나왔다 해도 양질의 정규직 자리를 얻기란 그때나 지금이나 어렵다. 결혼을 결정할 당시 M은 박봉에 고되기까지 한 자신의 일에서 벗어나고 싶어했다. 캠퍼스 밖 세상은 무자비했고 결혼은 안전한 대안처럼 느껴졌을 것이다. "이참에 좀 쉬었다 내게 맞는 일을 다시 시작하면 되지 뭐. 딱히 그만두기 아까운 직장도 아니고."

내 주위의 수많은 대졸 여성은 결혼 직후 남편을 따라 해외에 가거나 첫째를 임신하고 회사를 그만두거나 둘째를 가지고 그만두거나 하는 식으로 차차 전업주부가 되어갔다. 일을 계속한 이들은 약사, 의사 등 급여가 높은 전문직과 정년이 보장된 교사, 공무원 정도였다.

비슷한 조건의 남자를 만나 동등하게 살아가리라는 기대 속에 선택한 동질혼의 결과는 결코 동질하지 않았다. '나는 다를 거야' '내 남자는 다를 거야'가 처절하게 깨지는 계기는 대체로 육아다. 서프라이즈! 낳기만 하면

온 마을이 같이 키워줄 것처럼 말하더니 이 무서운
생명이 고스란히 내 책임이라고? 세상이 합심해 눈앞에
밀어붙인 '엄마 되기' 마케팅에 속았음을 뒤늦게 눈치챘다
해도 이미 내 아이는 존재하고 죽을 때까지 되돌릴 수
없다.

　　이 블랙홀 같은 두려움과 책임감이 엄습할 때,
여성에게도 선뜻 포기할 수 없는 사회적 지위가 있다면
균형을 잡는 데 분명 도움이 된다. 돈 때문이건 꿈
때문이건 육아를 외주 주며 커리어를 이어간 슈퍼맘도
적지 않다. 시어머니 친정어머니 모든 어머니의 도움을
받아 둘째, 셋째를 키우고 임원이 된 여성들도 알고 있다.
이들이야말로 자본주의 가부장제 사회에서 가장 초인적
존재일 것이다. 그러나 그럴 수 없는 대다수의 여성에게,
시터 월급 정도를 벌기 위해 내 아이를 남의 손에 맡기는
일은 비합리적이며 심지어 비도덕적인 행위다. 임금 차별,
승진 차별에 각종 성희롱까지 견뎌야 하는 회사 일은
소중한 내 아이와 비교할 때 무가치해 보이기까지 한다.
적어도 그 순간엔 그렇게 느껴진다. 무엇보다 나보다
노동 조건과 전망이 나은 남편이 경제 활동에 매진하는
게 가정 경제를 위해 효율적이다. 2000년대 동질혼을 한

여성들은 딱 여기까지만 계산기를 두드려보고 퇴사를 선택했다. 내 동기들의 이야기다.

M과 나의 동기들이 계산에 넣지 않은 것은 그들의 학력 비용이다. '고작 시터 월급 정도' 버는 그 자리에 가기까지 자신에게 투입된 입시 비용, 대학 등록금 등은 수천만 원에 달한다. 근속 연수가 연봉 상승과 직결되는데 많은 여성이 입사 초기에 사회생활을 그만둠으로써 이 비싼 투자금은 매몰 비용이 되어버린다. 회수할 수 없다는 뜻이다. 주식으로 치면 수익 실현은커녕 원금을 포기하는 행위다.

한국 사회의 고질적 성차별이 개선되지 않은 상태에서 이렇게 고학력 기혼 여성들이 자발적, 집단적으로 사표를 쓴 결과는? '경력단절'이란 용어가 2000대 말부터 여성 문제의 핵심 키워드가 되었다. 대학 졸업자 수 세계 1위 한국의 각 분야 여성 대표성은 OECD 회원국 꼴찌를 도맡고 있다. 한국의 교육열을 본받자고 열변을 토한 오바마가 알면 얼마나 머쓱할까? 무엇보다 지난 200여 년간 결혼 제도가 어떤 식으로 여성을 제한하고 억압하는지 치열하게 분석해낸 선배 페미니스트들이 알면 얼마나 허탈할까? 이렇게 순순히 공적 자아를 포기할 거라면 우리는 무엇을 위해 치열하게 대학에 갔나? 나와 비슷한 남자와 결혼해 계급 재생산에 총력을 다하고 결과적으로 성별 노동 분업 강화에 기여하기 위해?

이런 질문은 기혼 여성 개개인에 대한 공격이 아니다. 영화 「미스비헤이비어^{Misbehaviour}」에서 여성의 신체에 가축처럼 점수를 매기는 미스월드 콘테스트에 반대해 생방송 무대에 난입한 활동가는 미인대회 참가자에게 이렇게 말한다. "우린 당신을 공격하는 게 아니에요. 이 대회가 여성 착취를 상징하기 때문에 항의하는 거에요." 그리고 덧붙인다. "(여자들이 외모로 경쟁하게 된다면) 결국 우리를 위한 세계가 좁아질 거예요."

자본주의 가부장제가 악질적인 이유는 전통적 가부장제와 달리 여성 역시 행복을 소비할 자유와 권리가 있는 것처럼 착각하게 만들기 때문이다. "여자라서 행복해요"라는 광고 카피에 혹해 옆집보다 먼저 냉장고를 바꾸고 친구보다 먼저 집 평수를 늘리고 해외로 가족여행을 떠나고 아이를 유학 보낸다 해도, 결혼 제도 내 여성 억압은 사라지지 않는다.

보다 진보한 결혼처럼 느껴지는 동질혼 역시
여성 착취를 동력으로 굴러가는 결혼임에는 변함이
없다. 게다가 초등학생의 꿈마저 공무원이 된 2010년
즈음부터는 동질혼의 기준이 더욱 엄격해지고 있다.
학력만이 아니라 어떤 직장에 다니는지, 연봉이 얼마인지
등 당사자의 소득 수준이 동질혼의 핵심이 됐다. '일부
남성'이 부러워하는 '취집'? 연애할 때부터 '데통^{데이트통장}'을
쓰고 부부의 수입, 대출에 양가 모부의 지원까지 반반
더해져야 겨우 전세 아파트를 구할 수 있는 2021년에
여성의 필수 혼수는 직장이다. 취업 못 하면 헤어지는 게
'노멀'이다.

　　선구적 동질혼을 감행한 M의 이야기로 돌아간다.
M은 남편이 회사에서 직급이 올라갈수록 종종 자신을
무시하는 발언을 한다고 했다. "승진 좀 하더니 얼마나
유세인지 몰라." 사원, 대리급일 때는 두 아이를 키우는
M이 나가서 돈 벌어 오기를 은근히 바라더니 요새는
돈 벌 줄 모르는 무능한 사람 취급이라는 것이다. 학벌
콤플렉스 있던 남자가 저리 변한 게 웃기고 괘씸하다고
했다. 그러나 아이들을 위해 이혼하지 않는다고 하기에는
이미 그 자신부터 남편에 대한 경제적 의존도가 너무

크다. 이혼 후 받을 수 있는 양육비 자체도 적은 데다 한국 남자들은 그것마저 주지 않기로 악명 높다는 것을 가장 잘 알고 있는 것은 M 자신이다.

주부와 달리 중산층 남자들은 40대에 임금 피크에 접어들며 자신감과 권력욕이 피어난다. 청년기를 가사노동, 독박 육아, '우리 남편 알파 가장 만들기'에 소진한 아내가 이때 제 발로 사라져준다면? 빈자리는 어렵지 않게 대체되리라 짐작 가능하다. 그것이 누구에게 좋은 일인지도.

경력단절을 '경력 보유'라 고쳐 부른다고 해서 고학력 여성과 그 주위 여성들을 옥죄는 '맘고리즘'이 끊어지지는 않는다. 동질혼이 아닌 강혼(자신보다 '조건'이 나쁜 남성과의 결혼)을 한다 해도 사정은 마찬가지다. 사회 전반에 걸쳐 민주주의적 여남 동수 채용, 동일 가치 노동 동일 임금, 남성 육아휴직 의무화와 양질의 공공육아가 선행될 때에야 비로소 여성에게 보다 진보한 결혼이 존재할 수 있을 것이다. 그전까지는? 동질혼도 미친 짓이다.

망고빙수가
무서운가?

검색창에 '애플망고빙수'를 치자면 아직도 자동완성
추천으로 '여성의당'과 '페미'가 뜬다. "이부진 사장님!
신라호텔 애플망빙을 더 사 먹을 수 있도록 딱 1억만
돌려주세요! 한국 여성의 미래에 투자하세요." 2020년
4.15 총선을 앞두고 여성의당이 진행한 후원금 모금
바이럴^{입소문} 광고 때문이다. 2020년 3월 8일 창당대회에서
공동대표로 임명된 후 내가 가장 먼저 낸 아이디어이기도
하다.

　다른 공동대표들의 동의를 구하고 후원 바이럴을
공식 계정에 올린 뒤 잠자리에 들 때까지는 별문제
없었다. 하지만 다음 날 눈을 떴을 땐 비상 회의가

소집되어 있었다. 홍보실장님 휴대폰에 불이 나고 주요 일간지들이 잇달아 관련 기사를 쏟아내기 시작했다. 여성의당이 단 열흘 만에 창당에 성공했을 때는 기사 한 줄 써주지 않더니! 사실 광고 한 편으로 이 정도 반응이 있으려면 광고비 수십억을 써도 될까 말까다. 돈 한 푼 안 들이고 어제까지 아무도 몰랐던 여성의당을 전국 이슈로 만들었다는 점에서 이번 바이럴 광고는 성공적이다.

애초에 '노이즈'를 노리고 카피를 썼다. 호불호가 갈릴 거라는 예상도 했다. 그러나 비싼 소비재(2021년 기준 서울 신라호텔 망고빙수 가격 6만4000원)를 욕망하고 향유하는 여성에 대한 세상의 공격성은 나의 상상을 훌쩍 뛰어넘는 수준이었다. 정치색, 성별, 나이, 지역, 계층을 뛰어넘어 모두를 하나 되게 만드는 거의 유일한 힘 '여성혐오'의 저력을 다시 한 번 목격할 수 있었다.

광고물 기획 당시 나는 제정신이 아니었다. 창당대회의 감격을 즐길 새도 없이 전국에 배포될 선거공보물 제작 비용(6페이지 기준 10억)을 듣고 심신이 미약해진 상태였다. 연동형 비례대표제 시행으로 '소수정당도 전국 3% 득표하면 국회 입성할 수 있다'는 가능성만 봤지 '선거=돈'이라는 기본 공식은 실감하지 못했다. 총선까지 딱 5주. 막상 공동대표가 되고 당 재정 상태를 확인하자 선거를 치르지 못할 수도 있다는 위기감이 턱까지 차올랐다. 후원금을 모으자. 그런데 어떻게? 광고인으로서 모금 광고를 떠올린 건 당연했다.

기왕이면 20대 당원이 70%에 이르는 여성의당의 전복적 에너지를 담고 싶었다. "여성이 당 하나쯤 가져야지"라는 당원 모집 카피가 반응이 좋았던 것도 그 때문이었다. 그래, 여자가 돈이 없지 영향력이 없나? 한국 여성은 남성보다 평균 35% 이상 적은 임금을 받지만 식음료, 외식, 공연, 출판, 호텔 등 수많은 분야의 주요 소비자는 여성이다. 이렇게 여성으로부터 집중적인 수익을 얻고 있는 기업의 오너들을 호명하면 어떨까? 다들 여성 덕분에 성장했으니 여성에게 좀 투자하라고 말이다. 모금 광고도 여자답게 당당하게 하는 거야! 이 맥락을 읽는 사람들이 가난하지만 패기 넘치는 젊은 여성 정당을 웃으며 응원할 수 있도록.

나는 직관적으로 이 아이디어가 마음에 들었다. 이슈가 될 것 같다는 점에서 더 그랬다. 유명인을 호출해 사람들의 눈길을 끄는 건 종종 쓰는 광고 기법이기도

하다. 콘셉트에 따라 세종대왕을 부르기도 하고 스티브 잡스를 부르기도 한다. 그러니까 광고가 말을 거는 대상은 호명된 특정인이 아니라 이 광고를 보는 이들이다. 휴대폰 광고에서 문재인 대통령을 부른다고 문재인 대통령 보라고 만든 게 아닌 것이다.

"이미경 부회장님! 다음은 여성 감독 차례입니다. 딱 1억만 받겠습니다. 한국 여성의 미래에 투자하세요"

"정용진 부회장님! 전국 이마트 단골들에게 딱 1억만 돌려주세요. 한국 여성의 미래에 투자하세요"

"정유경 사장님! 전국 신세계 단골들에게 딱 1억만 돌려주세요. 한국 여성의 미래에 투자하세요"

"정태영 부회장님! 슈퍼콘서트보다 힙한 슈퍼 기부 딱 1억만 받겠습니다. 한국 여성의 미래에 투자하세요"

"이부진 사장님! 신라호텔 애플망빙 더 사 먹을 수 있도록 딱 1억만 돌려주세요. 한국 여성의 미래에 투자하세요"

후원 바이럴은 이렇게 총 5개가 만들어졌다. 메시지

전달력을 높이려면 시리즈가 더 효과적이기 때문이다.

그러나 이 모든 계산과 노림수는 제대로 작동하지 않았다.

오해하기로 작정한 사람들이 너무나 많았다.

기다렸다는 듯 맥락을 거세하고 '애플망빙'만 퍼 날랐다. '세상에 5만9000원짜리 빙수가 있다는 걸 처음 알았다' '하루 일당만큼 비싼 빙수 사 먹는 게 여성 정치냐' '정당이 재벌에게 돈을 달라고 하다니 정경 유착이다' '거지냐, 구걸을 하게' 등등 엄숙한 질책부터 원색적인 조롱까지 온갖 스펙트럼의 비난이 쏟아졌다. 남초 커뮤니티와 안티 페미니스트들의 반응보다 더 기억에 남는 건 여성 활동가들의 분노다. '세상엔 아직도 밥을 굶는 아이들이 있다' '삼성 백혈병 노동자들을 생각하면 어찌 이럴 수 있는가' '재벌에 구걸하다니 같은 여자로서 모욕적이다' 등등……. 억울하다기보다 서글펐다. 세상이 여성에게 무엇을 기대하는지 다시 한 번 확인할 수 있었다.

그분들에게 일일이 해명을 할 수는 없는 노릇이었다. 어쨌거나 한눈에 이해되지 않고 설명이 필요한 광고는 좋은 광고라고 볼 수 없다. 결국 공동대표 이름으로 이런 시도를 하게 된 배경을 밝힌 입장문을 올리는 것으로 사태는 마무리되었다. 후원 바이럴을 통해 여성의당

인지도를 올리는 데 성공했지만 호감도를 올리는 데는
실패한 셈이다.

'애플망빙' 편의 어떤 점이 사람들을 그토록 질색하게
만들었을까? 페미니즘 출판사 봄알람의 책『유럽 낙태
여행』에 관한 재미있는 에피소드를 들었다. 남자들이
서점에서 이 책을 보면 경기를 일으킨다는 것이다.
'유럽' '낙태' '여행'. 여자와 관련해 남자들이 싫어하는
단어들로만 제목이 이루어졌기 때문이라나? 듣고 보니
그랬다. 유럽을 누비는 (국경을 넘나드는) 여자, 낙태를
하는 여자, 여행을 떠나는 여자를 세상은 싫어한다.
여성이 이동성을 갖는 것에 대한 두려움이다. '내가 호텔
빙수 사 먹을 수 있도록 해달라'고 말하는 여자는 다른
의미에서 두려운 존재다. 단지 한우보다 비싼 디저트를
즐기는 허영심 때문만은 아니다.

예전에 밥솥 광고를 만든 적이 있다. 팀의 유일한
여자였던 내가 아이디어를 내고 카피를 썼다. CF가
시작되면 엄마 역할로 캐스팅된 배우 채시라 씨가
정원에서 고무줄넘기를 하고 있다. 고무줄 한쪽 끝은
남편이, 한쪽 끝은 아이가 잡고 있다. 제법 오래 잡고
있었는지 둘 다 팔이 아픈 눈치다. 그러거나 말거나

신나게 고무줄놀이를 하는 엄마 위로 흐르는 카피. "엄마가 논다." 엄마는 카메라를 바라보며 능청스럽게 받아친다. "엄마는 좀 놀면 안 되니?" 기능이 뛰어난 밥솥이 일손을 덜어줘서 엄마에게 그만큼 여유가 생긴다는 콘셉트였다. '밥 잘 짓는 착한 엄마'라는 관습을 깸으로써 브랜드를 각인시키겠다는 전략이었다.

심플한 아이디어와 카피, 채시라 씨의 연기, 감독의 연출 삼박자가 잘 맞아떨어진 광고였다. 광고주의 반응도 좋았다. 사람들도 좋아하겠지? 그러나 기대는 현실로 이어지지 못했다. 광고가 송출되자 항의 전화가 걸려오기 시작한 것이다. 엄마가 놀고 있는 상황과 카피가 기분 나쁘다는, 부적절하다는 거였다. 항의하는 이들 중엔 여성도 있었다. 전혀 예상치 못한 반응이었다.

2006년 무렵의 나는 이것이 성별 고정관념과 여성혐오 때문임을 몰랐다. 그로 인해 여성 스스로 여성에게 더욱 엄격한 도덕적 잣대를 들이댄다는 사실도 몰랐다. 사람들은 엄마가 노는 걸 보고 싶어하지 않았다. 무급 가사노동을 전담하고 있는 여성들조차도 그랬다. 해당 광고는 예정보다 빨리 내려졌다.

여아가 섹시 댄스를 추는 것은 도발이지만 엄마가

가족을 돌보지 않고 노는 것은 도발이 되지 못한다. 남성 지배 구조의 필수 동력인 모성애는 불가침의 영역이므로 이는 불경이다. 가부장제 안 여성의 기본값인 모성애 즉 희생을 거부하고 자기 욕망에 충실한 여자, 자기 파이를 챙기는 데 죄책감을 느끼지 않는 여자, 망고빙수의 맛을 알아버린 여자는 정신적, 육체적 엄마됨을, 가부장을 거부할 것만 같은 괘씸하고 두려운 존재다.

여자가 혼자 살겠다고만 해도 '이기적이다' 꾸지람하는 나라에서 이런 여자들이 모여 남성의 영역에 속하는 정당까지 만들어버렸다. 정당은 시민단체와는 또 다르다. 입법 활동을 통해 대변하는 집단의 입장을 관철하는 것이 정당의 목표다. 기본적으로 권력 지향적이다. '된장녀' '개념녀' 프레임으로 가둘 수 없는, '노는 엄마'보다 더 부적절한 존재의 등장이다. 기존 질서에 익숙한 사람들에게는 위협적일 수밖에 없다.

남성은 조직 안에 여성이 30%만 돼도 많다고 느낀다. 지나치게 예민하다. 그래서인지 명백히 남성에게 유리하게 기울어진 운동장 위에서도 일부 남성은 역차별을 주장한다. 통계와 사례를 아무리 눈앞에 들이대도 여성 차별을 내면화한 이들은 여전히 여성이 차별받는 상태를 평등으로 지각한다. '망빙녀'의 위협도 이런 역차별 주장처럼 실제가 아닌 허상에 불과하다.

자신의 배만 불리겠다고 철저히 타인을 착취하거나 폭력 내지 조직적 비리를 저지르는 냉혈 여성을 영화나 드라마가 아닌 현실에서 얼마나 자주 목격하는가? 극히 드물다. 자본주의 사회에서 임금노동자에게 '저녁이 있는 삶'이 상징하는 것과 개별 여성 시민에게 '망빙 사 먹을 수 있는 삶'이 상징하는 바는 다르지 않다. 무엇보다 여성이 지금보다 돈과 권력을 좀 더 가진다고 세상이 끝장나지 않는다. 해묵은 불균형이 개선될 뿐이니 너무 겁먹거나 예민하게 반응하지 마시길!

익명과 크레딧

길거리나 스마트폰 화면이 아닌 현실 동지로 만난
10대~20대 여성들은 확실히 다르다. 책 『90년생이
온다』에 나오는 것처럼 요약 정리된 것을 선호하고,
'워라밸 Work-life balance'을 중요하게 생각하는 것은 짐작했던
대로다. 참여와 자기 표현을 통한 인정 욕구가 강하다는
점에서는 나와 크게 다르지 않게 느껴지기도 한다.
충격적일 만큼 다른 점도 있다. 바로 '신상 노출'에 대한
반응이다. 이들은 자신의 실명과 얼굴이 드러나는 것을
극도로 꺼린다. 온라인에서 닉네임으로 활동하는 것이
자유롭고 편하기 때문만은 아니다.

　동시대 1020 여성들은 가장 감수성이 예민한 시기에

그들 자신이 언제든 '불법 촬영'당할 수 있고, 온라인에 '아웃팅'당할 수 있고, '무한 복제'당할 수 있다는 것을 온몸으로 경험했다. 이것은 기성세대가 뉴스나 게시글 등을 통해 간접 체험하는 것과 비교할 수 없다. 일반 여성을 몰래 찍은 불법 촬영물이 어떤 식으로 유통되는지, 얼마나 많은 여성이 그로 인해 고통받는지 자세히 알 필요 없는 환경에 있는 어른들의 공감은 쉽게 휘발된다.

2018년 불법 촬영 편파 수사 규탄 시위에 참여하기 위해 맨 처음 혜화역에 갔을 때, 주위에 마스크를 하지 않은 사람은 나와 내 친구뿐이었다. 휴대폰을 들이대는 남성이 눈에 띌 때마다 시위대는 한목소리로 "찍지 마! 찍지 마!"를 외쳤다. 페미니스트인 게 알려진다고 집단 따돌림이나 해고를 당할 일 없는 나 같은 사람은 '찍을 테면 찍어봐라' 오기를 부릴 수 있다. 하지만 1020 여성들은 그럴 수 없다. 어느 여자 성우가 'Girls Do Not Need a Prince 여자에게 왕자는 필요 없다' 티셔츠를 구매해 SNS에 인증한 대가가 얼마나 가혹했는지 지켜본 이들에게 익명성은 갑옷과도 같다.

여성의당 초대 공동대표는 5명이었다. 세대별 여성에게 골고루 대표성을 주자는 취지에서다. 이 중엔

10대도 있었다. 10대 단체 대표도 드문데 10대 정당
대표라니! 세계 어디서도 볼 수 없는 사례다. 보호받아야
할 수동적 존재로만 여겨지기 쉬운 10대 여성이 정치
주체로 나선다는 사실에 모두 흥분했다. 하지만 이내
난감한 상황에 부딪혔다. 선출 이후 처음으로 공동대표를
소개하는 영상 촬영에서 10대 대표가 마스크 착용을
고집했기 때문이다. 엄연히 헌법이 인정한 공당의
대표인데 얼굴을 가리는 게 적합한가? 정당의 권위와
무게를 익히 아는 사람들은 적합하지 않다고 했다.
10대라 하더라도 대표로 나선 만큼 사명감을 갖고 맞서야
한다고 했다. 그래, 이건 동아리가 아닌 정당이잖아.

　　기존의 인식대로라면 수용하기 힘들 수 있다.
그러나 우리는 기후 위기만큼이나 이례적인, 지금껏
한 번도 경험하지 못한 디지털 범죄 위기에 직면해
있다. 신상 박제와 사이버불링의 지옥을 관통하지 않은
세대가 당사자의 공포를 낮잡는 일은 정당한가? 기존의
기득권적 인식에도 변화를 가해야 하지 않을까? 내가
안전하다고 해서 당사자에게 잠재적 위험을 감수하게 할
순 없다. 자신의 공간을 침범당하거나 실질적 불안을 느낄
일 없는 남성들이 트랜스젠더 입학에 반대하는 여자대학

학생들에게 무턱대고 혐오자 낙인을 찍는 것만큼 편협한 일인지 모른다. 논의 끝에 여성의당은 본인의 의사와 시대의 특수성을 우선하기로 결론 내렸다. 애초에 여성의당 창당 자체가 이 시대의 반영이니까. 그렇게 해서 해당 10대 대표는 본인이 원하지 않을 시 당의 공식 콘텐츠에 얼굴을 노출하지 않게 됐다.

역사 속에서 여성은 대체로 익명이었다. 수많은 고전 작품의 이름 모를 작가들, 예술가들, 독립투사들, 과학자들, 활동가들……. 유적처럼 파묻히고 남성에게 갈취된 여성의 이름 중 현대에 복원되는 것은 극소수에 불과하다. 근현대사에서도 영역별로 선구적인 한두 명만 기록의 한구석 자리를 획득할 뿐 그 외 많은 여성은 의미 있는 성취에도 불구하고 호명되지 않는다. 어렵사리 유리천장을 깬 특출 난 한두 명에게만 윗자리가 허용되는 것과 비슷하다.

현재를 살아가는 여성들의 상황도 녹록하지 않다. 특히 젊고 이름 없는 여성의 작업은 자본과 규모, 권위에 의해 재가공되어 슬쩍 주인이 바뀌곤 한다. 마이크와 네트워크를 갖춘 기존 업체에 아이디어를 도용당하는 일도 생긴다. 저작권 의식과 경계가 흐릿해진 SNS 시대에 이런 행위는 '더 잘 파는 놈이 임자'라는 시장주의 논리로 넘어간다.

　이런 사례를 학습한 지금 익명의 여성들은 과거와 다른 특징을 보여준다. '내가 했다'라는 걸 적극적으로 드러내고 인정받고 싶어한다. 소위 '크레딧'에 대한 강렬한 욕망은 그들이 고집하는 익명성과 상반되는 것이다. '어떻게 이름을 숨기면서 이름을 남기고 싶어해?' 이 모순을 타박하는 대신 이 양면성이 어디서 오는지 이해하려는 노력이 필요하다.

　2015년 메르스 사태 당시의 여성혐오와 2016년 강남역 살인 사건을 거치면서 현실에 눈뜬 1020 여성들은 눈치 보지 않고 분노할 수 있는 익명의 온라인 공간에 모여들었다. 특히 2016년 문을 연 '워마드'는 그 전 '메갈리아'의 '미러링'을 넘어선 '야망보지' '탈코르셋' 흐름을 잇달아 쏟아내며 기존 한국 여성운동에서 볼 수 없던 권력 의지를 드러냈다. 이때 사용된 캐치프레이즈 중 하나가 "정상에서 만나자"다. 부와 권력을 남성이 독점한 시스템 속에서 남성에게 '부탁'하는 방식으로 여성 해방을 이루는 것은 불가능하다는 근원적 깨달음. 여성 스스로가 부디 버티고 살아남아 각자 분야에서 '브로토피아'에 맞설

수 있는 견제 세력이 되자는 결의가 담긴 말이다.

1020 여성들이 저 옛날 '독재 타도'를 외치듯 비장한 각오로 '정상에서 만나자'를 외쳤을 당시 SNS에는 기성세대의 비난과 비웃음의 메아리가 가득했다. "누구보다 신자유주의적이다" "남자들과 똑같이 하는 게 무슨 페미니즘?" "상상력이 그것밖에 안 되느냐" 등등 세상 물정 모르는 어린애 취급이었다. 마치 "결혼 안 한다"는 여자에게 이유도 묻지 않고 "너 같은 애가 제일 먼저 시집간다"며 잘라버리는 것처럼.

그렇게 코웃음 쳤던 어른들이 몇 년 지나 "더 높은 곳에서 만납시다"라는 기성세대의 문장에 박수 치는 것을 목격한 1020 여성들은 기분이 어땠을까? "정상에서 만나자"는 신나게 조롱하더니.

발화 권력, 출판 권력을 갖지 못한 익명의 여성들은 언제든 자신의 언어가 지워질 수 있음을 안다. 역사와 경험을 통해 세상이 그들의 공을 인정해줄 거라는 순진한 믿음도 갖지 않는다. 이들의 '크레딧' 요구는 운동의 저작권에 관한 것이 아니다. 당연히 시중에 떠도는 구호나 풀뿌리운동은 개인에 귀속되지 않으며 전유 가능하다. 보다 인지도 있는 사람이나 매체에 의해

대중이 받아들이기 쉽게 가공, 확산되는 일은 그것대로
바람직하다.

운동, 구호의 기원을 밝히는 건 이와는 다른 문제다.
기원이 없었다면 전유 자체가 불가능하므로 전유로서
의미를 갖기 위해서는 이것이 어디에서 비롯된 전유인지
밝히는 과정이 필요하다. 마치 전유된 그것만이 하늘에서
뚝 떨어진 것처럼 혹은 원래부터 있었던 것처럼 운동의
기원을 지워서는 곤란하다.

머리 짧은 여성도 결혼 않는 여성도 오래전부터
존재했지만 2021년 현재 '숏컷'이 갖는 의미, 결혼
거부의 의미와는 또 다르다. 나와 선배들이 과거에 했던
것은 '탈코'도 '비혼'도 아니었다. 이제 와서 "나도 탈코
했었다" "나는 원래 비혼이었다" 같은 말로 운동의
의미를 희석하는 건 좋은 방법이 아니다. 2021년 열린
도쿄 올림픽에서 금메달을 딴 여성 선수가 숏컷이라고
남초 커뮤니티에서 "페미 아니냐?"며 검증하려 한
데에는 시대적 맥락이 분명 존재한다. '숏컷'이 '페미'의
상징이 되어버린 특정한 운동이 있었기 때문이다. 익명의
여성들이 주장하는 '크레딧'은 이 운동에 대한 의미화
작업으로 봐야 한다. 기성세대가 탈코르셋 운동을 모른

척한다고 해서 매카시즘을 닮은 온라인 여성혐오가
사라지거나 해결되지 않는다.

　　정세랑 작가는 "이제 참지 않는 세대가 왔다"고 쓴
적이 있다. 동의한다. 더 이상 권력형 성추행을 참지 않고,
더 이상 여성혐오적 서사를 참지 않고, 더 이상 성별 임금
격차를 참지 않고, 더 이상 사법부의 잘못된 판결을 참지
않고, 더 이상 기성세대의 그루밍과 착취를 참지 않는
세대가 우리 곁에 와버렸다. 나 때와 다르다고 혀를 찬다
해도 달라질 건 없으니 20대 남성을 이해하려는 노력의
반만이라도 20대 여성에게 쓰기를 기성세대에게 권한다.
익명 뒤에 숨을 수밖에 없는 이들이 내 몫의 크레딧을
외치기까지의 인과를, 의미를 짐작해보기 바란다.

조연이 되기를
거부한다

탈혼만으론 부족했다. '남자와의 섹스는 10분짜리
결혼이다.' 이 짧은 한 문장을 떠올릴 수 있었던 건
결혼과 이성애 섹스, 둘 다에서 저만치 벗어난 뒤다. 어떤
사건이든 그것이 현재 진행형일 땐 정확하게 파악하기
힘들다. 내가 왜 그토록 결혼 속에 머물기 싫었는지
탈출한 뒤에야 써 내려갈 수 있었던 것처럼 남자와의
섹스도 마찬가지다. 반대편에 그걸 비춰볼 거울을 얻었을
때 비로소 전체를 볼 수 있게 된다.

흔히 결혼하면 여자 손해라고 한다. 그리고
여자들은 그걸 알면서도 혹은 감수하고 결혼을 한다. 그
외의 선택지가 그리 유효하지 않기 때문이다. 섹스도

그렇다. '임신 위험이 따른다' '삽입 섹스만으로 여성이 오르가슴을 느낄 확률은 지극히 낮다' '클리토리스를 제대로 찾는 남자는 거의 없다' 등 굳이 이성애 섹스를 하지 않아도 될 이유가 넘쳐나지만 대부분의 여자는 그걸 알면서도 혹은 감수하고 섹스를 한다. 그 외의 선택지가 자신의 것이 아니라고 믿기 때문이다.

이렇게 여성이 남성과의 섹스를 기본형으로 인식한다면, 이성애를 타고난 성적 지향 정도로 수긍한다면, 탈혼을 한다 해도 이성애 섹스의 본질을 눈치채기란 쉽지 않다. 상대적으로 결혼은 여자를 억압하는 제도임이 수월하게 인식이 된다. '반반 결혼'이 무색하게 결코 반반하지 않은 집안일, 남성과의 결합을 넘어선 남성 측 가족과의 결합임을 수시로 확인할 수 있기 때문이다. 그렇지만 섹스는? 날이 갈수록 섹스를 시작하는 연령이 낮아지고 있지만 그에 따른 위험에 대한 체감은 부족하다. 드러내고 논의하지 않는 영역이다 보니 결혼과 달리 구조적인 문제점이 인식되기도 어렵다. 디지털 성범죄 증가로 4대 강력 범죄 중 성범죄가 차지하는 비중이 90% 이상임에도 불구하고 여전히 섹스는 지극히 개인적인, '둘만의 문제'로 축소된다.

다행히 여성주의의 장점 중 하나는 나의 문제가
나만 겪는 문제가 아님을 일깨워준다는 데 있다. 관성을
의심하게 하고 원래 그런 거라 받아들였던 섹스조차
낯설게 만들어버린다.

"You like to be desired.넌 욕망되는 걸 좋아해."

예전 같으면 듣고 흥분했을 문장을 그가 속삭였을
때 오히려 정신이 맑아진 건 그래서였다. 그 순간 무대에
불이 켜지면서 섹스에서 나의 역할, 즉 욕망당하는
대상이자 도구로서 여성의 역할을 적나라하게 적시당한
기분이었다. '언제까지 나는, 여자는, 욕망의 대상이어야
하지?' 누적된 피로감과 함께 회의감이 몰려왔다.

남성 청소년들은 성욕을 또래 친구들끼리
공유하면서 '성적인 권력Sexual power'이 자신에게 있음을
알게 된다. 또한 여성 청소년들도 '성적인 권력'의
주인이 남성임을 알게 된다. 또래 문화 속에서
남성 성욕의 중요성을 받아들인 여성 청소년들은
이때 그들의 삶과 성장 과정에서 이어질 최초의
'남성 동일시Male identification'를 경험하게 된다. 여성
청소년이 성적인 흥분을 느끼고 그 감정을 알게

될수록 지금까지 가장 중요했던 동성 친구들과의
관계에서는 멀어지게 된다. 여성 청소년에게 동성
친구는 이제 조연의 자리로 밀려난다. 동시에 자신의
정체성 또한 조연으로 밀려난다. 그리고 비로소 여성
청소년은 자신과 남성을 동일시하게 된다.[*]

미국의 사회학자 캐슬린 배리의 글처럼, 동등하다고
믿었던 섹스 안에서 나는 늘 조연이고 들러리였다. 애초에
이성애 섹스의 주인공은 남자라는 사실. '자발적'이고
'주체적'이었던 원나잇스탠드에서조차 씁쓸함을 느낄
수밖에 없었던 이유가 거기 있었다. 그렇다면, 그렇지
않은 이성애 섹스가 가능할까?

이에 대해 미국의 법학자이자 페미니스트 캐서린
매키넌은 강간의 역사에 관한 수전 브라운밀러의 역작
『우리의 의지에 반하여』가 중대한 실책을 저질렀다고
지적한 바 있다. 브라운밀러가 '강간은 폭력이고
성교Intercourse는 성적인 것'이라는 전제를 통해 일상의 성적
영역에서 강간을 완전히 제거했다는 것이다.

수전 브라운밀러는 강간을 '성적인 영역'에서 떼어내

'폭력의 영역'에 두었다. 그리고 이성애라는 '제도'에
의례히 수반되는 폭력에 대해서는 아무런 문제
제기를 하지 않았다. 남성 우위 사회에서 '동의'라는
개념이 어떤 의미를 갖는지 단 한 번도 묻지
않았던 것이다. 이는 강간을 강간이 아닌 것으로
만들어준다.[4]

물론 내가 남성 중심 사회에서 섹스의 의미를 제대로 묻게
된 건 훨씬 나중의 일이다. 이성애 섹스가 아는 전부일 땐
불가능했다. 이성애 섹스에 내재된 폭력성과 비대칭적
권력 차이가 얼마나 부자연스러운지는, 착취적이지 않은
섹스를 경험하고 나서야 비로소 머리가 아닌 몸으로
이해하게 되었다.

결혼 이외의 삶을 상상할 수 있는 것만큼 이성애
섹스 이외의 섹스를 상상하는 것은 중요하다. 안타깝게도
태어나자마자 남근 중심 사회의 '정상성'을 주입받는
대부분의 여성은 일생 동안 이 가능성을 배제한 채
살아간다. 나도 예외는 아니었다. 그러나 남자를 사랑했던
것만큼 여성을 사랑할 수 있음을, 사랑해도 됨을 알려준
여성주의 덕분에 새로운 가능성을 탐색할 수 있었다.

여기에는 탈혼만큼 큰 결단이 필요하지도 않다! 얼마나
다행인가? 내가 들러리 서는 섹스가 아닌, 결혼처럼
굴욕감을 카펫처럼 깔고 하는 섹스가 아닌, 다른 섹스는
존재한다. 처량하지도 비참하지도 않은 비혼 생활이
존재하는 것처럼. 다만 남성 중심 사회가 부과한 여성의
역할에 위배되기 때문에 의도적으로 지워지고 있을
뿐이다.

　　우리가 흔히 말하는 정치는 남성형이다. 남성이
만들고 남성이 주도하는 정치다. 다시 말해 정치적으로
올바른지 검수하고 최종 승인하는 권리를 남성 전체와
남성을 대변하는 여성이 갖게 된다는 뜻이다. 그렇다면
'정치적으로 올바르다'는 것의 진실은 무엇인가? 누구를
위한 '올바름'인지 곱씹어보지 않을 수 없다. '정상'과
'일반'의 진실 또한 그렇지 않을까? 결혼 제도의 작동
기제를 알아버린 당신이라면 이성애 섹스와 이성애에도
같은 질문을 던져볼 수 있을 것이다.

여자 혼자도
살기 좋은 서울

오랫동안 짝사랑해오던 서울을 스무 살에 정식으로
소개받았을 때 이미 알았다. '서울은 나를 반기지
않는구나.' 이 무자비한 도시는 내가 약해지는 순간, 쓸모가
없어지는 순간, 언제든 나를 밀어낼 준비가 되어 있다.
함께 살아온 지 20년이 훌쩍 지난 지금도 이 느낌은 크게
바뀌지 않았다. 동네 부동산에 나붙은 아파트 매매 가격을
볼 때마다 주눅 든 스무 살로 돌아간다. 이 도시 어느
귀퉁이에도 내 이름으로 된 집 한 채가 없기 때문일지도
모르겠다.

　　그럼에도 이곳에서 공부했고 사랑했고 실패했고
성장했다. 뼛속까지 시린 물 대포를 맞았고 촛불을 들고

행진했고 아스팔트 위에서 구호를 외쳤다. 그 시간들이 나를 서울 사람으로 만들어줄까? 나는 그저 눈치 없이 길게 머무는 이방인은 아닐까? 무엇보다 나란 여자가 여기서 혼자 버티고 있다는 사실을 알기나 할까? 서울에게 묻고 싶었다.

2020년 7월 9일 서울시장이 자살했다. 미스터리 소설의 첫 문장과도 같은 이 사건은 전 국민을 충격에 빠뜨렸다. 인권 변호사 출신으로 3선 시장의 신화를 쓴 그를 죽음으로 이끈 것은 다름 아닌 그 자신이었다. 수년에 걸친 성추행을 견디지 못한 시장 비서이자 피해자가 그를 고소한 것이다. 고소는 했지만 공식적으로 수사가 시작되지도 않은 시점이었다.

피의자가 사망하면 사건은 '공소권 없음'으로 종결된다. 법을 잘 아는 그는 수사가 진행될 시 드러나게 될 자신의 성추행 사실을 죽음으로 덮으려 했다. 다분히 계산된 선택이었다. 그의 계산 속에 피해자가 받게 될 고통, 소속 집권 여당과 지지 세력의 거대한 2차 가해, 500억에 이르는 서울시장 보궐선거 비용은 들어 있지 않았다.

"이번 선거에 여성의당만큼 당당한 정당은 없습니다."

여성의당이 서울시장 보궐선거에 후보를 내겠다고

공표했을 때 했던 말이다. 창당 1년도 되지 않은 초신생 정당에다 당직자 월급 주기도 빠듯한 상황이었지만 이 선거가 어떤 선거인가? 남성 권력자의 위력에 의한 성비위 사건에서 비롯된 선거 아닌가? 여성 후보가 나온다 해도 소속이 기존 남성 중심 정당이면 당의 눈치를 볼 수밖에 없다. 그렇게 되면 이번 보궐선거의 원인이 묻혀버릴지 모를 일이었다. 선거 레이스의 마지막까지 남성에 의한 성폭력, 성차별에 대해 지겹도록 외칠 후보가 필요했다. 승산이야 어떻든 한국에 하나뿐인 여성 중심 정당으로서는 뛰어들 수밖에 없는 싸움이었다. 다만 링 위에 올라갈 선수가 내가 될 거란 사실은 나조차 알지 못했다.

"김대표님이 나오시면 좋겠네요." 2020년 가을, 후보 전략과 선거 준비로 고민하던 공동대표단은 소위 '선거꾼'을 만날 기회가 있었다. 대통령선거부터 지방선거까지 선거 캠페인 경력 20년 이상의 전문가들이었다. 이런저런 이야기를 나누고 돌아가는 길에 그들이 그렇게 말했다.

정당에 투표하는 비례대표 선거와 비교했을 때 서울시장을 뽑는 단체장 선거는 '인물'을 더 많이 보게 된다. 단 한 명을 뽑는 투표인 만큼 후보 개인의 개성과

서사가 크게 작용한다는 뜻이다. 그 사람 자체가 메시지가 되어 유권자들에게 직관적으로 받아들여질 수 있다면, 당 차원에서 후보자에 대해 학습시키고 홍보하는 비용을 아낄 수 있다. 출마 소식만으로도 화제 만들기가 가능하다. 정치 경험이 없는 각계 유명인들이 인지도, 호감도가 있다는 이유로 선거철만 되면 러브콜을 받는 이유다.

당시 여성의당은 여성 정치인이나 외부 인사를 영입할 수 있는 상황은 아니었다. 창당의 목적과 당원들의 열망을 생각할 때, 무조건 유명하다고 여성의당 후보로 전략 공천할 수도 없었다. 당 내부 경선을 통해 여성 의제 해결을 최우선으로 하는 여성 정치인을 발굴해야 했다. 문제는 여성의당 당원 대다수를 차지하는 20대가 아직 진로가 정해지지 않은 시기이고 여러 가지 공격과 위험부담을 예상했을 때 이 정도 규모 선거에 뛰어들기가 쉽지 않다는 데 있었다. 현실적으로 출마 가능한 정치 지망생이 거의 존재하지 않다시피 했다.

그렇다면 다양한 경험과 활동을 통해 이미 어느 정도 캐릭터와 인지도가 구축된 인물이 후보로 나가는 게 효율적이지 않을까? 선거 전문가들도 이 부분을 봤을 것이다. '그래, 내가 할 수 있는 일을 하자!' 2021년 1월 3일,

나는 공동대표직 사퇴와 동시에 서울시장 보궐선거를
위한 당내 경선 출마를 선언했다.

여성의당에는 선거 승리 외에 한 가지 목표가 더
있었다. 여성의당 이름 네 글자를 전 국민에게 알리는 것.
서울시장 선거는 대통령선거 다음으로 모두의 관심이
집중된다. 아직도 "그런 정당이 있어요?" 말을 듣는 신생
정당에게는 놓칠 수 없는 광고 기회이기도 하다. 물론
5000만 원의 기탁금을 내고 후보자 등록을 한다고 해서
인지도가 절로 올라가진 않는다. 거대 양당 취재하기도
바쁜 미디어는 놀랍도록 관심을 주지 않는다. 여성의당이
1년 동안 아무리 열심히 활동해도 창당 초기 '망빙 사건'의
10분의 1도 기사가 나지 않았듯이 말이다. 이런 환경에서
조금이라도 우리의 목소리가 들리도록 하려면? 점잖고
예측 가능한 방식으로는 어림없다. 선거 전문가들도
"여성의당은 가장 젊은 정당이면서 그 강점을 살리지
못하고 있다"고 지적했다.

이런 점을 보완하기 위해 나는 당내 선거운동 때부터
'보좌관 일기'라는 제목의 유튜브 채널을 운영했다.
40대 여성 후보와 20대 여성 보좌관이 좌충우돌 선거를
준비하며 동반 성장하는 '버디물'이 콘셉트였다. 20대

당사자가 아닌 내가 20대와 유쾌하고 공평하게 마이크를
나눠 갖는 그림은 20대가 대부분인 당내 투표인단에게
재미와 함께 호감을 주었다.

   20대 후보자와 맞붙은 당내 경선에서 승리한
후 본격적으로 '팀 김진아'를 모집했다. 4월 7일
보궐선거일까지 두 달 남짓 남은 시점이었다. 최소
7000만 원에 달하는 선거 공보물 제작비(A4 사이즈 1장
기준)를 기한 내에 모을 수 있을까? 불확실한 상황에서도
전략, 정책, 홍보, 영상, 그래픽, SNS, 사무, 회계,
후원회까지 유능한 당원들이 결합해주었다. 본업, 학업,
취업 등으로 바쁜 와중에 자원봉사를 하겠다는 여성들이
늘어날수록 어깨는 무거워졌다.

   어떻게 하면 서울시장 보궐선거의 원인이 유력
정치인의 개인 일탈을 넘어선 '남성 권력에 의한 구조적
성차별, 성폭력'임을 알릴 수 있을까? 어떻게 하면
이 고질적인 문제를 해결하기 위해 다른 누구도 아닌
여성의당 서울시장이 필요한지 설득할 수 있을까? 한번
들으면 마음에 화살처럼 꽂히는, 그러면서 여성의당의
존재감을 분명히 드러내는 메시지여야 해!

   한 가지 다행인 건 선거 캠페인이 내게 익숙한

광고 경쟁 PT와 비슷하다는 사실이었다. 제품(후보)의 강점을 차별화되게 커뮤니케이션해서 광고주(유권자)의 선택을 받는 것. 이때 싸움의 판이 크다고 해서, 경쟁자가 쟁쟁하다고 해서, 부담감에 짓눌려서는 안 된다. 당위와 욕심이 앞서 메시지가 지나치게 관념적이거나 어려워진 사례는 넘쳐난다. 전략을 짤 때 첫 번째로 중요한 규칙이 어깨 힘 빼기라는 걸, 나는 경험으로 알고 있었다.

선거나 정치에 크게 관심 없는 일반 유권자의 눈높이에 맞추기로 했다. 여성의당 후보로서 하고 싶은 말보다 핵심 타깃인 2030 여성의 입장에서 구체적인 혜택이 느껴지게끔 하자. 이런 가이드 안에서 '팀 김진아' 캠프원들과 열심히 머리를 맞댄 결과가 바로 '여.혼.살'이다.

'여.혼.살', 여자 혼자도 살기 좋은 서울. 얼핏 들으면 평이한 단어들의 조합이지만 사실 곱씹을수록 무서운 문장이다. 누군가의 딸도 아내도 엄마도 아닌 여자의 권리 선언. 국가 시스템 속에서 여성과 가족을 분리하고 여성을 개별 시민으로 호명한 정치인은 아마 처음이리라. 그것도 모자라 여자 혼자도 (감히) 잘 살겠다니! 정상가족 중심 가부장제를 향한 쿠데타와 다름없다. 누군가는 말세를 외칠지 모른다. 그러나 더 많은 여자가 세대를 뛰어넘어 고개 끄덕일 거라는 자신이 있었다.

혹자는 "기혼 배제, 남성 역차별 아니냐? 너무 이기적인 거 아니냐?" 공격할 수도 있다. 다시 한 번 보라. 분명 여자 '혼자'가 아닌, 여자 '혼자도'다. 인구의 절반을 차지하면서도 여전히 사회경제적 약자 계층인 여성. 그러한 여성까지 '혼자도' 안전하게, 평등하게 일하며 살 만한 서울이라면? 남성은 물론이고 나이, 계층, 성적 지향, 동거/결혼 여부 및 장애 유무를 떠나 누구나 잘 사는 서울일 것이다.

즉 '여자 혼자도 살기 좋은 서울'은 한국 역사상 최초로 비혼 여성의 존재를 드러냄과 동시에 사회 구성원 모두를 아우르는 선거 캠페인 슬로건이다. 지금까지 34대 서울시장 중 여성은 단 한 명도 없었다. 이제 우리는 이런 서울시장을 가질 때가 되지 않았나? 서울에게 묻고 싶었다.

15.1%의 의미

"시선 강탈!"

"제일 눈에 띄어요!"

"여혼살 최고!"

서울시장 보궐선거를 2주 앞두고 후보자 선거
벽보가 서울 전역에 나붙던 날, SNS에 속속 인증 사진과
감상이 올라왔다. 기호 11번 팀 김진아 선거캠프는 랜선
하이파이브를 했다. 선거 벽보는 선거의 얼굴이다. 이번
보궐선거에도 거대 양당을 포함 총 12명의 후보자끼리
눈에 띄기 위한 소리 없는 경쟁이 치열했다.

내 경우는 더욱 절박했다. 여타 홍보를 할 수 있는
선거 자금이 없었기 때문에 전체 서울 시민에게 노출되는

선거 벽보와 공보물이 가장 중요한 홍보 수단이었다.
딱 2주의 공식 선거운동 기간. 다른 후보들은 선거 벽보
외에도 수십, 수백 명의 선거운동원을 등록하고 스피커
빵빵한 유세 트럭을 동네마다 돌려댔다. 여성의당을
제외한 다른 소수정당 후보들도 돈이 어디서 났는지 서울
시내 교차로는 죄다 현수막 전쟁터였다.

"선거 벽보와 공보물에 집중하자."

제한된 자원으로 최대의 효과를 내는 것이 팀
김진아의 목표였다. 어떻게 하면 '여자 혼자도 살기
좋은 서울'이라는 슬로건처럼 보는 순간 강력한 인상을
줄 수 있을까? 우리는 일명 '얼빡' 콘셉트를 밀고
나가기로 했다. 잠시 눈을 감고 송강호나 황정민 같은
원톱 남자배우들이 주연인 영화 포스터를 떠올려보자.
여백이 아예 없을 만큼 남자배우의 얼굴이 화면을 가득
채우고 있다. 모공까지 보여 부담스러울 정도다. 압도적인
존재감을 통해 사람들을 배우에게 이입시키기 위함이다.
그런데 여자배우가 원톱일 때는 좀 다르다. 얼굴만으로는
'여성성'이 잘 부각되지 않기 때문인지 여자배우는
몸 선이 함께 드러나는 경우가 많다. 여자배우에게는
일체화보다 타자화를 유도하는 것이다.

이걸 뒤집어보기로 했다. 송강호 배우의 포스터처럼 얼굴을 최대한 크게 보여주는 거야! 주름까지 최대한 리얼하게! 역대 대통령 후보들도 시도하지 않은 이미지였다. 리스크? 거대 양당에만 관심이 집중된 이번 선거에서 여성의당을 알리려면 모험만으론 부족했다. 위험을 감수하는 용기가 필요했다.

콘셉트가 정해지고 꼭 같이 작업해보고 싶었던 성정은 그래픽 디자이너를 섭외했다. 이어서 금시원 사진작가까지. 이렇게 여성 창작자들과의 협업은 선거 전반에 걸쳐 이루어졌다. 짧은 머리와 화장기 없는 얼굴, 위엄 있는 슈트 차림. 여성이 성적 대상이 아닌 철저히 공적 존재로서 자신감과 존재감을 내뿜는 선거 벽보가 처음 기계를 통해 인쇄된 걸 봤을 때, 우리는 마치 벌써 당선이라도 된 듯 흥분했다.

벽보뿐인가? 2020년 총선 때 손바닥만 하던 공보물 크기도 1년 사이 A4로 커졌다. 적게는 1000원에서 많게는 수백만 원까지, 당원들과 지지자들이 마음을 모아준 덕분이었다. 코로나로 인해 여성 실업과 구직난이 어느 때보다 심각한 상황에서도 한 달 만에 7000만 원의 후원금이 모였다는 건 무엇을 뜻할까? 남성 권력

연대에 의한 고질적인 여성 대상 성폭력은 물론이고
취업 임금 승진에서의 성차별, 주거 문제에서의 비혼
차별 등에 문제의식이 그만큼 크다는 의미다. 위계에
의한 성폭력에서 비롯된 선거에서조차 여성 의제가
전면에 드러나지 않는다면 다른 선거는 불을 보듯 뻔하다.
여성의당 후보로서 나의 역할은 여자들의 들리지 않는
아우성이 세상에 들릴 수 있도록 확성기가 되는 것이었다.

정작 미디어는 소수정당 후보자들에게 철저히
무관심했다. 거대 양당 후보자들과는 TV 토론회조차
함께할 수 없었다. 똑같이 5000만 원의 기탁금을 냈지만
국회 의석수 3석을 넘지 못하는 정당 소속과 무소속
후보자들끼리 아무도 보지 않는 평일 낮 시간대에 따로
TV 토론회를 해야 했다. 진행 방식도 토론회가 아닌, 9명
후보 한 명당 총 11분의 발언 시간이 주어지고 그 안에
기조 발언, 과제 발언, 마무리 발언, 상호 질의응답까지
소화해야 했다. 정책팀이 밤잠을 설쳐가며 준비한
'여.혼.살' 공약을 하나하나 소개하기에 턱없이 부족한
시간이었다.

"다시 한 번 강조하겠습니다. 이번 선거는 단지 정권
심판 선거가 아닙니다. 남성 권력에 의한 성차별, 성폭력

심판 선거입니다. 이제 보수와 진보, 그 외 수많은 허울 좋은 이름들로 여성을 착취하던 시대는 끝났습니다."

공중파를 탈 수 있는 단 한 번의 기회. 기조 발언부터 세게 치고 나갔다. 선명하고 선언적인 메시지에 어울리는 착장은 선거 벽보와 동일한 슈트 차림이었다. 여성 후보에게 으레 기대되는 웃음기도 의도적으로 뺐다.

"코로나19는 2030 여성이 주로 종사하는 숙박, 음식점업, 교육, 서비스업 등 대면 접촉이 많은 산업부터 타격을 주었습니다. 그 결과 여성 실업률은 2020년 9월 기준, 남성 실업률의 3배를 넘어섰습니다. 취업자 수 감소도 남성에 비해 여성이 훨씬 많습니다. 국민적 공분을 산 동아제약 면접 성차별 사건은 하나의 사례에 불과합니다. 저는 이 문제를 해결하기 위해 '여자 혼자도 일하기 좋은 서울'을 만들겠습니다."

"서울 시민은 혼인 여부와 상관없이 누구나 안정적인 주거를 공급받을 권리가 있습니다. 저는 기존의 혼인 및 자녀 여부로 이루어진 청약 기준의 패러다임을 깨고 여성 세대주, 그중에서도 1인 가구 우선으로 SH 공공주택분양의 50%를 할당하겠습니다."

"아직도 신혼부부 특혜, 출산 지원금이 저출생

문제를 해결해줄 거라 생각하는 정치인들은 자리를
내려놓아야 합니다. 여전히 성 불평등 해소를 뒷전으로
미루는 정치인들은 시대의 뒷전으로 사라져야
합니다. 당신이 변화하길 선택했다면 저 김진아에게
투표하십시오. 서울 인구 절반인 여성이 저에게 투표하면
제가 됩니다."

　　생방송 토론회가 끝나기가 무섭게 여기저기서 취재
요청이 들어오기 시작했다. 비록 낮 시간에 진행됐지만
토론회 영상은 이미 캡처, 편집되어 SNS상에 빠른 속도로
퍼져 나갔다. 어느 순간 영어, 중국어, 일본어 자막까지
달렸고 '여.혼.살'에 대한 외국인들의 반응도 뜨거웠다.
선거 벽보에 이어 팀 김진아의 전략은 또 한 번 힘을
발휘했다.

　　토론회 효과는 거리 유세에서도 느낄 수 있었다.
유세 트럭도 마이크도 없었지만 출, 퇴근길 유세에는
매번 적지 않은 자원봉사자분들이 목소리를 더해주었다.
"누군가의 딸도 아내도 엄마도 아닌 여자! 여자 혼자도
살기 좋은 서울로 가자! 채용 임금 승진 성차별 없는
서울로 가자!" 작곡이 취미인 보좌관이 구호를 랩
뮤직으로 만들어준 덕분에 현장 분위기는 더욱 살아났다.

함께 구호 랩을 외치고 싶다며 지방에서 오신 분들도 있었다. 거리에서 보라색 점퍼를 발견하고 달려와 명함을 받아 가는 대학생, 고등학생, 여성의당을 몰랐지만 토론회와 공보물을 보고 표를 줄 곳을 결정했다는 직장인, 똑똑한 자기 딸이 취업에서 차별받지 않길 바란다는 어머니, 아버지…….

온라인에서 오프라인에서 이런 흐름을 피부로 느꼈기 때문일까? 아니면 새로운 여성 정치 세력화의 잠재력을 믿고 있었기 때문일까? 4월 7일 서울시장 보궐선거 투표가 끝난 8시, 방송 3사의 출구조사 결과가 공개됐을 때 나는 그리 놀라지 않았다. 12명 중에서 4위. 5명의 여성 후보 중에서는 더불어민주당 박영선 후보에 이은 2위였다. 워낙 거대 양당 간 싸움이 치열했던 선거라 득표율(0.68%) 면에서는 아쉬웠다.

그러나 주목해야 할 것은 20대 여성의 15.1%가 1, 2위 후보가 아닌 나와 같은 소수정당 후보에게 투표했다는 사실이다. 이는 전 세대를 통틀어 가장 높은 비율이다. 아래로부터의 변화에 대한 예감은 맞아떨어졌다. 소중한 자신의 표가 소위 '사표'가 되길 바라는 사람이 누가 있을까? 그럼에도 불구하고 15%가

넘는 20대 여성이 소신을 분명히 밝혔다. 더 이상 정당 간 권력 다툼에 힘을 보태주기 싫다고, 해결되어야 할 더 중요한 문제들이 있다고, 표로 소리친 것이다. 여성 후보들 중에서도 여성 의제를 전면에 내세운 나의 선전은 여성의 파이를 구하기 위해, 자신의 권리를 되찾기 위해 표를 행사하는 새로운 세대의 등장을 공식화했다.

'아내이기 이전에 여자' '엄마이기 이전에 여자'라는 수사는 바뀌어야 한다. 여성은 아내이기 이전에 개별 시민, 엄마이기 이전에 개별 시민이다. 개별 시민으로서 여성 혼자도 살기 좋은 세상이 아니라면 아내도 엄마도 결코 살기 좋은 세상일 수 없다. 15.1%는 이걸 깨달은 사람들의 숫자다. 그리고 이 숫자는 앞으로 선거가 거듭될 때마다 늘어날 일만 남았다. 모두를 위한 여혼살은 이제 막 시작됐다.

지금 이곳의
백래시

"다른 소수자 의제는 어떻게 하실 건가요?"

　　서울시장 보궐선거가 끝난 직후 모 팟캐스트에 출연했을 때였다. 여성의당 후보로 왜 이번 선거에 출마하게 되었는지, '여자 혼자도 살기 좋은 서울'은 어떤 서울인지, 20대 여성의 15.1%가 나와 같은 소수정당 후보에게 표를 준 게 어떤 의미인지, 30분 이상 물도 안 마시고 이야기한 나에게 진행자들이 던진 첫 질문이었다.

　　맥이 탁 풀렸다. 여성 문제를 해결하겠다고 정당까지 만든 사람에게 이게 가장 궁금한 거라고? 참고로 질문을 한 기자도, 제작 PD도 모두 여자였다. 사실 이런 경우가 한두 번이 아니다. 정당 차원에서 '낙태죄 폐지'를 위한 연대체에 힘을 보태려 했을 때도 비슷한 질문을 받아야 했다. 그들은 여성의당이 대변하고자 하는 여성의 '범주'에 트랜스 여성(생물학적 남성으로 태어났지만 여성으로 정체화한 사람)이 포함되는지 거듭해서 물었다. 여기에 동의하지 않으면 함께할 수 없다고 했다.

이 사안에 왜 이런 질문이 필요한가? 의아함을 넘어 기이했다. 내가 트랜스젠더 개인이 겪는 보디 디스포리아의 경험을 존중하고 그들의 고통에 공감하는 것과는 별개의 차원이었다. '낙태죄 폐지'는 국가가 여성을 출산 도구화할 수 없으며 여성 스스로 임신을 중지할 권리가 있음을 천명하기 위함이다. 여성의 생존, 노동, 건강과 직결된 문제에 여성 의제 정당이 연대하는 것은 지극히 상식적이다. 그러나 이 연대에 내건 조건은 상식적인가? 대체 누구를 위한 '낙태죄 폐지'인가?

여성은 인구의 절반을 차지하는 다수이지만 여전히 사회 경제적 소수자이자 약자 계층이다. 여성의 신체를 타고났다는 이유만으로 국적, 인종, 계층, 학력, 결혼 여부, 장애 유무, 성적 지향을 떠나 각종 성범죄의 타깃이 된다. 재벌가 딸도 가정폭력을 피할 수 없고 여성 정치인도 성추행을 당한다. 한국 여성의 경우 동일 노동을 하는 남성 동료보다 30% 이상 적은 임금을 받는다. 오랜 불황에 코로나까지 겹쳐 모두가 힘들지만 여남 운동장의 기울기는 동시에 더욱 가팔라졌다. 기술의 발달조차 기존의 여성혐오와 성적 대상화를 학습, 재생산하고 있다. 이는 망상이 아닌 분명한 현실이다.

페미니즘은 애초의 태동 목적인 여성 대상 폭력과 차별의 문제를 제대로 해결하지 못한 채 21세기로 건너왔다. 남성 중심적 구조를 바꾸는 데 핵심적인 여남 동수 민주주의는 서구에서도 이제 막 시작 단계다. 어떤 여성이 개인적으로 고학력 전문직 중산층이어서, 외모가 사회적 기준에 부합해서, 혹시 다른 어떤 이유로든 약자의 위치에 놓이는 것에 거부감을 느낄 수는 있다. 그러나 그렇다고 해도 여성이 겪는 보편적 폭력과 차별, 여성혐오로부터 완전히 자유로운 여성 개인은 존재하지 않는다. 한국에서 스토킹이 '범죄'로 국회의원들에 의해 '인정'되기까지 무려 22년이 걸린 것은 상징적이다. 직시해야 한다. 여성 집단은 안전이라는 기본적인 권리조차 아직 갖지 못했다.

이 여성 안에는 고학력, 전문직, 중산층 여성은 물론 사람들이 말하는 사회적 소수자인 이주민, 성소수자,

비정규직, 장애인, 저학력, 청소년이 다 포함되어 있다. '스토킹범죄처벌법'이 시행되면 이주민 여성, 여성 성소수자, 비정규직 여성, 여성 장애인, 저학력 여성, 여성 청소년 모두가 법의 보호를 받게 된다. 동일노동 동일임금법, 1인 가구 주거안정법이 만들어져도 마찬가지다. 20대 대졸 정규직 비장애 이성애자 한국 여성만 선택적으로 보호받는 것이 아니다. 여성 의제에 집중한다는 것은 여성 즉 가장 다수인 약자의 권리를 포괄적으로 구한다는 것이며 이것이 바로 여성의당의 설립 목적이다.

그러므로 "다른 소수자 의제는 어떻게 할 것인가"라는 질문은 성립하지 않는다. 이런 질문의 바탕에는 여성과 사회적 약자, 여성과 소수자를 분리하고 여성보다 더 약한 소수자를 상정함으로써 안전, 주거, 노동 등 기본권을 구하려는 여성을 '이기적인 다수 기득권'으로 바라보는 시선이 깔려 있다. 선량하고 도덕적인 사람들 중에도 이런 시선을 가진 이들이 적지 않다. 정치 성향이 진보적일수록, 서구 이론에 수용적일수록 그럴 확률이 높다.

'흑인의 목숨도 소중하다Black Lives Matter'를 외치던 사람들도 '여성의 목숨도 소중하다^{Woman Lives Matter}'라는 외침에는 선뜻 동참하지 못하는 현상. 이때 여성의 '범주'에 트랜스 여성도 포함되는지부터 따지는 것이 더욱 중요하고 진보적으로 여겨지는 분위기. 모든 사회적 약자를 위한다는 차별금지법에 있어서도 여성은 연호되지 않는 움직임. 어쩌면 이것이 집게손가락 모양을 '남성 성기 비하' '남성 혐오'라 억지 부리는 것보다 한층 교묘한 지금 이곳의 진짜 백래시인지 모른다.

2021년 여름, 2020 도쿄 올림픽 역도 여성부 87킬로그램 이상급에 뉴질랜드 역사 로럴 허버드가 트랜스젠더 최초로 올림픽에 출전했다. 30년 이상을 남성의 몸으로 살다 성기 제거 없이 호르몬 요법을 받은 그와 겨뤘던 동료들은 "남자와 싸웠다"며 공정성에 문제를 제기했다. 영국 「가디언」은 "최근 과학 논문들을 보면 남성으로서 사춘기를 겪은 사람들이 테스토스테론 수치를 억제하기 위해 약을 복용한 후에도 힘에서 상당한 이점을 유지하고 있다"고 지적했다. 벨기에 역도선수 아나 반벨링헌은 허버드의 올림픽 참가를 두고 "높은 수준에서 역도를 훈련한 사람은 누구나 직관적으로 안다. 이 특별한 상황은 여성 선수들에게 불공평하다"고

말했다.

'성정체성' 항목이 포함된 차별금지법에 따라
트랜스 여성이 여성부 게임에 뛸 수 있는 미국
코네티컷주에서는 법정 싸움까지 벌어지고 있다. 트랜스
여성 스프린터들이 2017년부터 15차례 챔피언 트로피와
상금, 장학금을 받자 그들과 경쟁했던 선수들이 "여자
선수를 '구경꾼'으로 만드는 건 평등한 기회 보장이라는
차별금지법 취지에 완전히 어긋난다"며 연방 소송을
제기한 것이다.

도쿄 올림픽 결승전에서 로럴 허버드는 한국 대표
이선미 선수를 비롯한 여러 나라 여성 역사와 경기를
치렀지만 메달권에 들지 못했다. 그러나 이 결과가 남성
신체를 가진 트랜스젠더의 여성부 경기 참가를 정당화할
순 없다. 오히려 '남성이었을 때 평균 이하 기량을 가진
선수가 여성으로 정체화하자 전성기가 훨씬 지난
나이에도 국가대표가 될 수 있었다'라는 부조리를 드러낼
뿐이다.

그에게 국가대표 자리를 빼앗긴 사모아 출신 10대
선수가 잃은 것은 올림픽 무대만이 아니다. 메달과
지원금, 지도자가 될 기회 등을 위해 오랜 시간 땀 흘리며

훈련해온 선수들 입장에서 무조건적 '포괄'은 또 다른 '차별'일 수 있다. 지금 어떤 자금을 등에 업은 어떤 세력이 과학에 근거한 사회적 논의와 여성 당사자들의 의견 반영 없이 IOC(올림픽 위원회), UN 등 국제기구에 로비를 벌이고 있는지, 그걸 기반으로 각국의 성별 기반 법체계를 바꾸려 하는지 두 눈 크게 뜨고 대응할 필요가 있다.

올림픽은 수백 년간 남자들의 전유물이었다. 1972년 뮌헨 올림픽에 이르러서야 비로소 마라톤을 포함한 다수의 종목에 여성이 참여할 수 있게 된 역사를 기억하자. 이것은 여성들이 어렵게 쟁취한 승리다. 스포츠 경기가 여성부와 남성부로 나뉜 데는 분명 이유가 있다. 오랫동안 차별받아온 여성에게 기회와 공정함과 안전을 보장해주기 위함이다. 여전히 남성 중심적이고 여성 대상 차별과 폭력이 만연한 사회에서 여자대학, 여자기숙사, 여자화장실, 여자목욕탕, 여성교도소, 여성쉼터가 존재하는 이유도 다르지 않다.

"성소수자를 혐오하는 페미니즘에 대해 어떻게 생각하는가?"

서울시장 보궐선거 후보자 토론회에서 어느 남성 후보가 나에게 던진 질문이다. 여성의당 안에는

'레즈비언 인권 위원회'가 있다. 성소수자를 혐오한다는 혐의는 허위사실에 의한 명예훼손에 가깝다. 게이, 트랜스젠더에게 직접적인 폭력과 차별을 행사하는 주체는 남성 집단임에도 불구하고 남성에게 책임을 묻기보다 여성에게 해결을 요구하는 행위는 또 다른 여성혐오에 불과하다. 더구나 여성과 어린 소녀들의 안전과 권리에 대해 목소리 내는 것은 트랜스 혐오가 아니다. 페미니즘이다.

여성을 '이기적인 다수'로 몰며 안전, 주거, 노동의 기본권을 구하는 여성의 입을 막으려는 백래시는 성공할 수 없다. 도덕적인 여자와 이기적인 여자, 포용하는 여자와 배제하는 여자로 갈라치는 전략은 과거에는 주효했지만 정당까지 만들고 나선 지금 이곳의 여자들에겐 통하지 않는다. 더 이상 물러설 곳이 없는 사람에게는 한 가지 선택지만 남아 있기 때문이다. 눈에는 눈, 반격에는 반격이다.

맺으며

"올해가 최악입니다. 그러니 아무것도 하지 마세요."

어느 점술가가 나의 시간과 운에 대해 이렇게 말했었다. 점술가의 가스라이팅대로 따랐다면, 정말 아무것도 하지 않았다면 어땠을까? 2021년 4월 서울시장 보궐선거에 출마하는 일은, 출마해서 4위라는 성과를 내는 일은 없었겠지? 평온할 순 있었겠지만 말 그대로 아무 일도 일어나지 않았을 것이다. 아무 일도.

청개구리 같은 나는 괘를 따르는 대신 정반대로 행동했다. 그 결과 많은 일이 일어났다. 예상치 못한 사건 사고, 오해와 대립을 겪으며 욕도 먹고 좌절도 했다. 동시에 성취도 있었다. 누군가의 딸도 아내도

엄마도 아닌 여자들의 목소리가 선거 공약으로 세상에
드러났다. 무엇보다 서울 곳곳에서 진행된 거리 유세에서
나는 세상에 흩어져 있는 이들의 실존을 직접 목격했다.
2018년 '불편한 용기' 시위에서 마주친 여성들보다
연령대도, 외양도 더 다양해져 있었다.

　　'이런 분들까지 동참하고 있었구나.'

　　우려가 많은 학자나 비평가들은 '넷페미'의 문제와
한계를 지적한다. 젊은 페미니스트들도 심심찮게 '주위
친구들이 더 이상 관심이 없다' '총공 화력이 줄었다'며
걱정하는 모습을 본다. 정말 그럴까? 코로나 시대, 온라인
'필터 버블' 속에 머무는 시간이 길어질수록 개인의
믿음과 의심은 강화되기 쉽다. 그러나 내 경험은 좀
다르다.

　　운 좋게도 큰 선거를 치르는 동안 여기저기서 생각지
못한 동지를 많이 만났다. 지금도 매일 울프소셜클럽에서
새로운 분들과 마주친다. 중학생부터 편친 가정의 가장,
아이돌 연습생에서 가상화폐 기업 대표까지 놀랄 만큼
스펙트럼이 넓다. 당장 '숏컷' 대열에 합류할 수는 없지만
제도에 종속되지 않고 개별 시민이고자 하는 여성의 수는
결코 적지 않다. 내가 증인이다.

이는 한 두 명의 빌런이나 금서의 선동에 의한
변화가 아니다. '국가의 무해한 음모'를 간파해버린
여성들이 일상에서 스스로 경험하고 답을 얻고 선택한
결과다. 따로 화두를 던지거나 설득할 필요도 없었다.
똑똑한 한국 여성들은 알아서 '딥러닝' 중이다.

2019년 낸 첫 책의 서문에서 나는 10년 뒤가
기대된다고 썼다. 그런데 3년도 안 돼 여기까지 왔다.
혹시나 곁에 동료가 없다고 느껴지거나 존엄을 위한
투쟁을 포기하고 싶은 순간이 온다면 나의 증언이 힘이
되기를 바란다. 그리고 약속해주기 바란다. 우리 세상의
기대대로 꽃처럼 곱게 지지 말기로. 이 싸움에서 져도
절대 곱게 지지 말기로.

2021년 11월 한남동에서

☞ 레이철 시먼스가 쓴 『소녀들의 심리학』(정연희 옮김, 양철북, 2011)

☞ 에이드리언 리치의 1973년 발표 글 "Jane Eyre: The Temptations of a Motherless Woman"

☞ 캐슬린 배리의 1981년 발표 글 "Female Sexual Slavery: Understanding the International Dimensions of Women's Oppression"